Gerhard Vescovi
Seltsam ist das schon

Gerhard
Vescovi

Seltsam ist das schon

Weihnachtsgeschichten zum Nachdenken

Betulius

Die Deutsche Bibliothek – CIP-Einheitsaufnahme

Vescovi, Gerhard:
Seltsam ist das schon : Weihnachtsgeschichten
zum Nachdenken / Gerhard Vescovi. –
Stuttgart : Betulius, 1997
ISBN 3-89511-042-6

1 2 3 4 02 00 98 97

Umschlaggestaltung: Atelier Reichert, Stuttgart.
Reproduktion: KILTA – Agentur für Werbung,
Stuttgart.
Gesamtherstellung: Clausen & Bosse, Leck.

ISBN 3-89511-042-6

Inhalt

Vorwort

Weihnachtsgeschichten? Gibt es nicht schon mehr als genug davon? Genügt denn nicht die Lesung der Weihnachtsgeschichte des Lukas als Reverenz gegenüber dem geistlichen Anlaß des Weihnachtsfestes?

So war ich überrascht, als ich eines Advents gebeten wurde, für ein Ärzteblatt eine Weihnachtsgeschichte zu schreiben. Was hatten die Ärzte denn für eine besondere Beziehung zum Weihnachtsfest?

Aus meinen Vertretungen von Landärzten wußte ich, daß der Arzt sogar am Heiligen Abend oft gerufen wurde. Vor allem kamen ja auch Kinder zur Welt, »Christkindle«. So mußte ich einmal zusammen mit der Hebamme zu einer Geburt. Die Hebamme war grantig, weil sie nun einen Großteil des Heiligen Abends am Bett einer Gebärenden verbringen mußte. Was sie unterwegs vor sich hinbrummte, haben sicher auch viele Ärzte schon leise gezischt: »Ausgerechnet am Heiligen Abend!«

Aber auch in der Höhle im Stall zu Bethlehem soll ja eine Hebamme als Geburtshelferin tätig gewesen sein. Das berichtet jedenfalls das Protevangelium des Jacobus, das allerdings den apokryphen Schriften des Neuen Testaments zugeordnet wurde. Mir erscheint es immerhin doch wahrscheinlich, daß eine Hebamme der erstgebärenden Maria Beistand leistete. Deshalb ließ ich die Hebamme von Bethlehem zu Wort kommen in der ersten Geschichte dieses Büchleins.

Rätsel hat mir immer schon die »stumme Rolle« aufgegeben, die Joseph, der Vater der Heiligen Familie, in den Berichten des Neuen Testaments spielt, bevor er dann lautlos von der Bühne des Heilsgeschehens verschwindet. Aus gegebenem Anlaß habe ich diesen seltsamen Umständen nachgespürt und darüber nachgedacht.

Das Nachdenken über das Fest von Christi

Geburt, über das Erlebnis der Heiligen Nacht wurde mir nun zu einem Anliegen. So manches Gespräch mit evangelischen und katholischen Theologen brachte mir Einsichten und Hinweise zur Literatur und zur Rezeption des Überlieferten, vor allem zur Geschichte der Anfänge der liturgischen Feier zu Christi Geburt im 4. Jahrhundert.

Der »Gang zur Krippe« war mein tiefstes Erlebnis des Heiligen Abends während meiner Jugendzeit.

Was mich der Bedeutung der Menschwerdung des Sohnes Gottes besonders nahe brachte, war die mir von einem Freund überlieferte Geschichte des Heiligen Abends auf der Fahrt in ein russisches Gefangenenlager im Jahre 1944. Ein erschütterndes Erlebnis war immer schon ein Zugang zu persönlicher religiöser Erfahrung und zum Glaubensgut der Religion.

So schlagen diese »Weihnachtsgeschichten zum Nachdenken« vor allem den »aufgeklärten« Menschen eine Brücke zur so wichtigen religiösen Dimension des

Menschseins, die unserer technisierten Welt und einem durchrationalisierten Leben allerorten fehlt.

Mein Dank gilt allen fachkundigen Beratern.

Gerhard Vescovi

Seltsam ist das schon

Was die Hebamme von Bethlehem berichtete

Eine Weihnachtsgeschichte von der Heiligen Nacht soll ich erzählen, für Zweifler, für Ärzte gar, für alle, die sich den Bericht des Arztes Lukas, wie er im Evangelium steht, gerne etwas nüchterner, »arztgemäßer« gewünscht hätten, damit er ihrem Sinn fürs Reale etwas entgegen käme.
Tatsächlich hat das Wunder der Heiligen Nacht zum Leidwesen derer, die nach zeitgeschichtlichen Hinweisen fragen, keine »amtliche« Erwähnung in den spärlichen Quellen aus damaliger Zeit gefunden. Und was nicht in authentischen Quellen erwähnt ist, das kann auch nicht geschehen sein, basta. So sagen die Zweifler, und sie verweisen immer wieder darauf, daß

nicht einmal Josephus Flavius, der zeitgenössische jüdische Geschichtsschreiber, die Geburt Christi erwähnt, und man später erst von christlicher Seite einen Bericht darüber in des Josephus »Archäologie« eingeschleust hat. Aber Josephus – das gilt es zu bedenken – gehörte zu den Pharisäern, den Orthodoxen also, und war maßgeblich am Aufstand der Juden gegen die Römer beteiligt. Er war vor allem auch ein Politiker seines Volkes und schrieb später die Geschichte des jüdischen Volkes und seines Aufstandes gegen die Römer unter anderen Aspekten als denen einer Heilsgeschichte. Sein zwar patriotischer, aber doch realer Sinn ließ keinen Raum für messianische Prophezeiungen aus dem Kreise der Essäer, deren Ansichten und Rituale ja im Gegensatz zur jüdischen Orthodoxie standen und die ein Reich des ewigen Friedens und einen »Friedensfürsten« erwarteten und als »Friedenspartei« nichts von einem gewaltsamen Aufstand gegen die Römer hielten. Josephus »der Blonde«, dessen Begabung als Politiker die Römer mit Achtung begegneten, trat jedenfalls nach dem tragischen Ende des jüdischen Aufstandes als Historiograph in römische Dienste, und da gab es gewiß noch weniger Motive für ihn, die abtrünnigen Essäer und ihre Heilslehren im Buch der Geschichte hervorzuheben.

Um ein Haar hätten wir aber – und hier setzt meine kleine Erzählung ein – doch noch einen halbwegs authentischen Bericht von Seiten des römischen Generalarztes Aemilius Pomponius über das Wundersame der Geburt Christi und der Heiligen Nacht überliefert bekommen, wenn nicht – ja, von diesem Wenn will ich berichten.

Diesem obersten römischen Militärarzt unterstand nicht nur das Sanitätswesen der römischen Armee in Palästina, sondern auch – wie wir heute sagen würden – das »Gesundheitswesen« des besetzten Landes. Er war als Arzt ein ehemaliger Schüler und Freund von Antonius Musa, dem Leibarzt von Caesar Augustus. Man schrieb sich über den Kurierdienst der Armee Briefe, wobei Aemilius Pomponius bemüht war, dem obersten Medicus des römischen Reiches über seine Erfahrungen im Orient, vor allem über »besondere Fälle« zu berichten, über gewagte Operationen, unbekannte »Fieber«, Epidemien in der Bevölkerung, den Krankenstand im Heer, aber auch über Erfahrungen jüdischer Ärzte und die Medizin fremder Völker.

Der Aufsicht des Pomponius waren auch die Hebammen in Judäa unterstellt. Die Herausragendste unter ihnen war Rahel, die Hebamme von Bethlehem. Sie mochte damals dreißig Jahre alt sein, und selbst ihr Witwenschleier konnte der Schönheit ihres Gesichts und ihren großen, weichen Augen nichts anhaben, mit denen sie die Härte des Feuersteins in den Gesichtern der Kriegsleute zerschmolz. Ihre hohe Gestalt bewegte sich stets würdevoll und nie hastig. Sie besaß aber neben ihrem weiblichen Charme auch eine ungewöhnliche geistige Ausstrahlung, war sie doch sehr belesen in allen religiösen Schriften und in philosophischen Büchern der Griechen und ebenso in scharfem logischen Denken geschult.

Das einzige, was Pomponius ein wenig störte, als er sich in sie verliebt und schließlich ihr Vertrauen erlangt hatte, war ihre religiöse Schwärmerei. Aber sie gehörte der Sekte der Essäer an, über deren Rituale strenger Enthaltsamkeit, absoluter Friedfertigkeit und der Prophezeiung eines Messias, der als König der Juden einmal der ganzen Welt den Frieden bringen würde, damals ganz Palästina spöttelte. Auch Pomponius hatte zunächst gelächelt, als Rahel ihm bei seinen Besuchen in ihrem bescheidenen kleinen Haus abverlangte, erst sein Schwert und die Rüstung am Eingang abzulegen, ehe er die Schwelle in ihr Gemach überschreite. Aber schließlich gewöhnte er sich an diese Marotte, war es doch mehr als die übliche Leidenschaft, die ihn nach Dienstschluß am Abend zu Rahel ins von Jerusalem unweit gelegene Bethlehem reiten ließ.

Er war einfach von Amors Pfeil so tief getroffen, daß er Heilung nur im Gespräch mit ihr finden konnte. Und was diese so schöne Frau obendrein über die Geburtshilfe hinaus an medizinischem Wissen besaß, das war erstaunlich und versetzte ihn oft genug in die Rolle des Zuhörers.

So wurde Rahel, die Hebamme von Bethlehem, allmählich zu einer hochrangigen Informationsquelle für den römischen Generalarzt, der im Prätorium zu Jerusalem, dem Amtssitz des Statthalters, sein Büro hatte und seinen Schreibern eifrig über seine Erkundungen und Erfahrungen diktierte und mit seinen Briefen an Musa, den väterlichen Freund in Rom, Eindruck am Hofe des Augustus zu machen versuchte. Musa war nämlich sehr wißbegierig und um ständigen Vergleich der von ihm vertretenen griechischen Schulmedizin mit dem Wissen und den Erfahrungen der Ärzte des Orients bemüht. Auch Pomponius gehörte der führenden griechischen Medizin an, die in des Hippokrates Schriften ihren Kanon besaß und sehr darauf bedacht war, sich

von der Außenseitermedizin der orientalischen Völker zu distanzieren. Und so wie nun Pomponius, dessen griechische Vorfahren noch »Pompos« geheißen hatten, zum Lieferanten medizinischer Berichte aus dem Orient wurde, so zeigte sich Musa oftmals besorgt darum, daß sein Schüler und Freund, der oft Seltsames von der Medizin im Orient zu berichten wußte, nicht von der strengen Zucht des Denkens und Handelns der griechisch-römischen Medizin abwich.
Einige Wochen nach dem Tage Eins der späteren christlichen Zeitrechnung erreichte nun Musa ein Bericht des Pomponius aus Jerusalem, der von aller sonstigen strengen Diktion einer militärärztlichen Epistel abwich und unter dem Siegel höchster persönlicher Vertraulichkeit allerlei Privates mit mirakulösen Schilderungen der Hebamme von einer außergewöhnlichen Geburt verband.

Pomponius grüßt Musa, wurde der Brief eingeleitet.

Seltames genug, wie Du weißt, habe ich Dir schon aus dem fernen Osten mitgeteilt und dabei Deine Ermahnung erhalten, meinen Geist nicht von all dem Fabelhaften um mich herum verwirren zu lassen und die römische Disziplin auch in meinem Denken zu bewahren. Ein kühler Kopf sei in der Hitze des Morgenlandes nötig. Dennoch will ich es wagen, Dir von einem sonderbaren Ereignis zu berichten, in das ich am Rande verwickelt wurde, sowohl persönlich wie auch als oberster Arzt der Region in Judäa. Du weißt aus vertraulichen Mitteilungen, daß ich hier mit einer geistvollen, schönen Frau des Landes befreundet bin, die in der Jerusalem nahegelegenen Siedlung »Bethlehem« das Amt der Hebamme versieht und mir schon viele interessante Fälle aus der Geburtshilfe vermittelt hat. Sie gehört der friedlichen Sekte der Essäer an, die, anders als die orthodoxen, militanten Pharisäer, ein Reich des Friedens errichten wollen und immer schon davon redeten, es werde nun bald ein König des Friedens geboren, ein

»Friedensfürst« für alle, für Juden und Römer und alle Völker der Erde.
Nun erleben wir zur Zeit ein schreckliches Durcheinander, weil sich zur von uns befohlenen Volkszählung ein jeder hier in seinem Geburtsort anmelden muß und das halbe Volk hier unterwegs zum Census in seinem Meldeort auf den Beinen ist. Frage nicht, welche Quartier- und Versorgungsprobleme das bringt. Die Leute schlafen im Freien und wo sich ihnen ein Dach über dem Kopf bietet, ja, sie legen sich in ihrer Not auch in Ställe zum Vieh. Als ich nun persönlich Besuch bei Rahel in Bethlehem machte und wir – die Nächte hier sind kalt – im Hause vor dem Feuer saßen, einen Krug Wein des Landes tranken und uns sehr nahe waren, klopfte es und trat ein bärtiger, ungepflegter Mann herein, um Rahel als Hebamme anzufordern. Eine zugewanderte Frau aus Nazareth würde in einem Stall niederkommen... Ach, es ist beim Jupiter schon ein Kreuz in unserem Beruf! Da waren wir eben zärtlich miteinander geworden und

nun kommt so ein wilder Hirte und bittet um Hilfe. Rahel, die Hebamme, fragte den Mann, wo der Stall liege, in dem die Frau niederkomme. Der wundergläubige, einfältige Mann beschrieb recht umständlich den Weg, sagte dann aber wie einer, über den plötzlich eine Erleuchtung kam, sie finde den Stall ganz leicht, wenn sie nur zum Himmel blicke, wo der hellste aller Sterne genau über diesem Stallgebäude stehe. –

Jetzt höre ich Dich lachen, lieber Musa, denn Du hörst in der Tat eine Fabel aus dem Morgenland. –

Nun, die Hebamme setzte sich trotz der Anforderung noch einmal zu mir ans Feuer, waren wir doch zu sehr von Liebe erhitzt und rasch darüber einig, der Venus unser Opfer nicht vorzuenthalten. »Ausgerechnet jetzt«, ärgerte sich die Hebamme und machte sich schließlich auf den Weg. Ich blieb im Hause, um auf ihre Rückkehr zu warten.

Schon nach einer Stunde kam sie zurück, ganz außer sich und nur fähig, das, was sie erlebt und gesehen hatte, in Verzückung zu erzählen. Ich zitiere nach dem Gedächtnis das Wesentliche ihres Berichts, wobei ich erwähnen will, daß sie die medizinischen Aspekte hervorhob, weil sie damit Eingang in meinen nüchternen Sinn für das zu finden hoffte, was sie darüber hinaus noch aus ihrem religiösen Erleben an Phantastischem hinzu berichtete.

Also: Mit schlechtem Gewissen wegen der Verspätung ihres Besuches habe sie sich zunächst in den Gassen verlaufen, dann aber, wie ihr der Hirte geraten, am Himmel Orientierung am hellsten Stern gesucht und tatsächlich zu dem Stall gefunden. Dort sei die Gebärende bei ihrem Eintreffen schon niedergekommen – ein erstes Wunder, denn sie sei Erstgebärende und die Geburt war nach Angaben der Frau, namens Maria, wie auch nach dem Bekunden des Ehemannes mit Namen Joseph, und der anderen Asylanten in dem Notquartier ohne die geringste Komplikation sehr rasch verlaufen. Und nun das zweite medizinische Wunder: die Frau hatte kaum geblutet und auch die Nachgeburt war pünktlich und ohne Mühe gefolgt, und die Plazenta, sie habe es lange nicht glauben wollen, sei glatt und ohne Blutkoagula zu sehen gewesen. Aber sie konnte sich von allem dem Außergewöhnlichen ja überzeugen. Und ich, mein lieber Musa, konnte der Hebamme nur mit Skepsis antworten, ich hätte weder in Rom noch sonst auf meinen Kommandos in fernen Ländern etwas Derartiges gesehen oder gehört.

Doch nun setzte die Hebamme ihren Bericht mit der Bemerkung fort, das alles sei zwar aus der Sicht der Medizin und der Erfahrungen in der Geburtshilfe einmalig, ja trotz allem Augenschein fast unglaublich. »Aber es gab noch viel mehr des Wunders«, sprudelte sie los. »Diese Frau, die sich Maria nennt, sieht nach ihrer ersten Geburt, nach diesem doch tiefen Erlebnis mit höchsten Anstrengungen so frisch wie eine Unberührte aus. Also nein, so etwas habe ich als Hebamme in vielen Jahren noch nie erlebt. Ihr Gesicht war etwas blaß und sehr fein in allen Zügen, als stammte sie aus einer adeligen Familie. Und in ihrem Blick leuchtete aus innerer Stille ein großes Glück. Ihr Mann, ein wohl braver, rechtschaffener Handwerker, wie ich hörte, wurde von rührender Besorgtheit zwischen der Mutter und dem Kind hin- und hergetrieben.

Ich hatte das Kind noch abgenabelt und dann bei der Kälte in ein Tuch gewickelt und tief ins weiche, wärmende Stroh in der Futterkrippe gebettet. Bei all seiner aufgeregten Geschäftigkeit redete der Kindsvater ununterbrochen, wie mit sich selbst: »Ja, der fremde, rätselhafte Mann in weißem Gewand hat es uns prophezeit... oder war es vielleicht eine Frau? Wer soll das in der Aufregung schon wissen... Aber Der oder Die hat es auf den Tag prophezeit, hat geweissagt, daß wir – nein, daß meine Maria in einem Stall einen späteren König, einen Sohn Gottes zur Welt bringt... Und jetzt ist es geschehen.« Und während er das Kind ansah, sagte er immer wieder: »Schön bist du, mein kleiner Sohn, schön wie ein Königskind. Aber du mußt deshalb kein König sein. Ich werd' schon einen tüchtigen Zimmermann aus dir machen, wie ich es bin... Nein, du mußt gar nicht müssen. Ich paß schon auf dich auf.«

Aber da waren schon vor der Geburt zwei Hirten angekommen, die den König suchten, das Kind im Stall, wie ihnen von einer lichtvollen Gestalt in weißem Mantel verkündet worden sei. Und einer von den beiden war der Mann, der mich zum Beistand der Gebärenden geholt hatte. Bei ihm und der Maria habe ich mich für meine Verspätung entschuldigt. Maria lächelte und zeigte Verständnis, aber der Hirt war brummig und meinte: »Das ist doch immer so: Bei armen Leuten haben es die Ärzte und Hebammen nie eilig.«

Der andere Hirt kniete vor dem Kind und sagte: »Du bist der, auf den wir Armen warten, du Gotteskind. Du bist allein mit Gottes Hilfe und ohne Hebamme, ohne einen Arzt zur Welt gekommen. Und wir dürfen dich sehen, weil du mitten unter

uns und nicht in einem Palast geboren bist.« Und die Hebamme besann sich in ihrem enthusiastischen Bericht plötzlich wieder auf das Medizinische, als ich sie fragte, ob sie das Neugeborene denn in warmem Wasser reinigen konnte. »Das war nicht nötig, denn das Kind war so sauber und ohne Schmer, daß ein Bad in der Kälte nur Gefahren gebracht hätte. Natürlich habe ich das Kind nach allen Regeln der Geburtshilfe untersucht. Aber es war ohne Fehl und so lebendig, daß es fürs erste nur eingewickelt und warm gehalten werden mußte.«
Nach einer kleinen Weile des Nachsinnens überraschte mich die Hebamme, noch ganz im Banne des Erlebten, mit der Bitte: »Ach, Aemilius, tu mir den Gefallen und geh noch einmal mit mir zu dem Kind und der Mutter und überzeuge dich selbst von all dem Außergewöhnlichen. Ich hätte so gerne deine Bestätigung als Arzt erfahren, denn dir würde man mehr Glauben schenken als mir, der Hebamme und einem Weib.«

Lieber Musa, teurer Freund, Du wirst nun möglicherweise denken, ich hätte mich, wenigstens wegen der medizinischen Besonderheiten, von denen die Hebamme berichtete, dorthin begeben sollen, um diesen »Fall« nach allen Regeln der ärztlichen Kunst zu schildern und abzuklären. Aber Du kannst Dir vielleicht denken, welchen Präzedenzfall ich da geschaffen hätte. Und was würden da die Offiziere der Legion und ebenso die feinen Juden gesagt haben, wenn der oberste Medicus des römischen Heeres im Osten in einen Eselstall zur Visite gegangen wäre. Außerdem hätte dies ja auch das Geheimnis meiner Verbindung mit einer Frau aus dem unterworfenen Volk gelüftet und wäre dann dem Tratsch in Rom Tür und Tor geöffnet worden. Bei Dir weiß ich aber mein Geheimnis wohlverwahrt und ebenso diesen mirakulösen Vorgang.
Als erstes schreibe mir also bitte, wie Du diese Dinge siehst und beurteilst. Cura ut valeas – bleib gesund.

Aemilius Pomponius

P. S. Die Behauptung der Hirten, das Neugeborene in dem Stall in Bethlehem sei ein »Heiland« und der künftige König der Juden, hat sich so ausgebreitet, daß inzwischen viel Volk zu dem Stall pilgert und das Wunderkind bestaunt und anbetet. In Jerusalem mißt man aber amtlicherseits diesem Vorgang keine Bedeutung zu.

Zwei Monate später erhielt Pomponius einen Kurierbrief von Musa mit dem Vermerk »persönlich«. Darin schrieb der Leibarzt des Augustus:

Musa grüßt Pomponius.
Ich brauchte Zeit, um über Deinen vertraulichen Bericht aus dem Judäerland nachzudenken, denn zunächst habe ich natürlich über die Erzählung der Hebamme gelächelt. Dann aber bedachte ich, Deinem Urteil folgend, daß diese Hebamme, »Deine« Rahel, doch eine außergewöhnlich gebildete Frau sei mit weiblichem Talent zur Aneignung von Erkenntnissen

durch Gefühl, und daß sie gewiß auch durch ihre längere medizinische Tätigkeit über einen objektiven Blick für die Physis verfüge und zu vergleichen verstünde. Und Rätsel geben uns die Natur und der Mensch so viele auf, daß wir Ärzte und Philosophen erst nach und nicht vor gründlichem Nachdenken über etwas lachen sollten. Als Ergebnis meines Nachdenkens möchte ich Dir sagen: Seltsam ist das schon, was da die Hebamme von der Geburt in Bethlehem berichtet hat. Ich übersehe zwar eine ganze Bibliothek von medizinischen Beobachtungen, darunter auch solche über außergewöhnliche Geburten. Einen solchen Fall habe ich aber nicht in Erinnerung. Daher wurde – Dein Einverständnis voraussetzend – der medizinische Teil Deines Berichtes exzerpiert und in Kurzform der Rubrik: »Seltene, ungeklärte Fälle« eingeordnet. Was jedoch die religiös, möglicherweise politisch bedeutsamen Begleitumstände dieser wundersamen, prophezeiten Geburt eines »Heilandes« betrifft, so fühle ich mich

darin nicht zuständig. Das würde in die Kompetenz und Beurteilung der Priester fallen, zunächst aber an Ort und Stelle in den Amtsbereich unseres Prokurators in Jerusalem, gegebenenfalls noch des Herodes. Von solchen Affären sollten wir als Ärzte die Finger lassen. Daher sehe ich auch von einem amtlichen Vermerk des berichteten Vorganges und einem Vortrag bei Augustus ab.
Es geht mir gut, ich hoffe, Dir und Deiner geheimnisvollen, schönen Rahel auch.

Antonius Musa
Leibarzt Seiner Majestät des Imperators
Augustus

Ja, so ging es mit einer möglicherweise authentischen Quelle über die Heilige Nacht in Bethlehem, und ich vermute, daß es auch heute so ginge, wenn eine Hebamme nur Wundersames berichten wollte und ihrem Erlebnis keine »amtliche« Bestätigung zuteil würde. Wer nur »objektiven« Berichten und dem vertraut, was die Wissenschaft bewiesen hat, geht mit beschränkter Sicherheit durchs Leben, mit dem Wissen der Wissenschaft eben. Aber die Weisen unter den großen Wissenschaftlern geben zu, daß das bisher von der Wissenschaft Erkannte weit hinter dem zurück bleibt, was wir nicht wissen und vielleicht niemals voll erkennen werden. Und so bleibt auch heute noch ein großer Raum in uns für das Wissen und die Erfahrung aus dem Glauben und für die Wagnisse des Herzens, sich dem hinzugeben, was wir nur mit einem höheren Verstand erfassen können. Und so ist es auch mit des Arztes Lukas Bericht vom Wunder der Heiligen Nacht.

Joseph der Vater

Nachdenken über eine Randfigur der Weihnachtsgeschichte

Das Weihnachtsfest steht nicht nur am Anfang des christlichen Kirchenjahres. Die Geburt Christi wurde nach dem Sieg des Christentums im römischen Imperium zum Beginn einer neuen Zeitrechnung des Abendlandes. So hat das Ereignis der Heiligen Nacht die Künstler seit vielen Jahrhunderten zu Darstellungen des wundersamen Geschehens angeregt, und es wird bis heute auch in Krippenspielen versucht, die Geschichte von der Geburt des Heilandes lebendig zu halten.

Als die Theaterspielgruppe eines Gymnasiums die Inszenierung eines solchen Krippenspiels plante, suchte mich der befreundete Spielleiter auf und klagte über die

Schwierigkeit, einen Darsteller des Joseph unter den etwa siebzehnjährigen Jungen seiner Spielschar zu finden. Diese »fade, fast stumme Figur des biederen Joseph«, diese »Randfigur« wollte keiner gerne übernehmen. Sie »gebe nichts her«, meinten mehrere, und ein besonders »Aufgeklärter«, der einmal Biologie studieren wollte und seine Belesenheit auf diesem Gebiet hervorkehrte, gab hochtrabend zur Kenntnis, daß beim Menschen noch niemals eine »Parthenogenese« vorgekommen sei, und deshalb der Joseph entweder doch der leibliche Vater oder ein gehörnter Ehemann sein müsse. Angesichts dieser Situation, meinte der Spielleiter, stehe er vor der Wahl, entweder seine Spielschar von der tieferen Bedeutung des Joseph überzeugen zu können, oder von einer Aufführung des Krippenspiels abzusehen. Joseph, die »Randfigur«, war also plötzlich zu einem zentralen Thema, zu einer Frage des Verstehens und Glaubens der Weihnachtsgeschichte geworden. Gebeten um ein »Exposé« über Joseph, begann

ich, mich mit Joseph, dem Vater der Heiligen Familie zu befassen und die Darstellungen der Kunst und die Schriften der Evangelisten zu befragen.
Schon beim ersten Durchgang der Evangelienberichte und meditativer Betrachtung einiger herausragender Bilddarstellungen der Geburtsszene des Christuskindes stimmt die Figur des Joseph nachdenklich.
Ein Kind wird geboren, ein Sohn, den dieser Joseph als Mann der Maria nicht für sich als Vater in Anspruch nehmen kann. Bei Lukas wie bei Matthäus, den einzigen Evangelisten, die auf die Ereignisse von Jesu Geburt Bezug nehmen, wird Joseph nur am Rande erwähnt. Wie seltsam: Beide Evangelisten sind mit einer unterschiedlich angeordneten, aber doch ausführlichen Genealogie um den Beweis bemüht, daß Joseph ein Endglied des Stammes David, also ein »Sohn Davids« sei, und daher Jesus gleichfalls als ein Sohn Davids und der Propheten, als Sohn Gottes aus königlichem Geschlecht stamme,

zum Retter seines Volkes und der ganzen Menschheit berufen. David Friedrich Strauß, der schwäbische Theologe aus Ludwigsburg (1808–1874), kommt daher in seinen berühmt gewordenen geschichtlichen Untersuchungen über »Das Leben Jesu« zu dem kritischen Ergebnis, die beiden Genealogien Josephs bei Matthäus und Lukas seien Denkmale eines Kreises und einer Zeit, »wo Jesus noch für ein natürlich erzeugter Mensch galt«.
Joseph – dieser Name bedeutet hebräisch ja »Gott möge hinzufügen«, oder auch »der Vermehrer« (in bezug auf Kinder) – also doch der leibliche Vater? Das würde unserem biologischen Denken Befriedigung bringen und den Konsensus mit allen wundersamen Geschichten erleichtern. Aber Joseph, der auf allen Bildern christlicher Künstler stets im Hintergrund der Szene steht, und sich auf frühen Ikonen der Ostkirche meist neben dem Esel aufhält, wird uns fast unisono in der Rolle des Adoptiv-Vaters und Beschützers vermittelt und schließlich von der Kirche als

»Heiliger des schweigenden Gehorsams und der gewissenhaften frommen Pflichterfüllung« stilisiert.
Dementsprechend finden wir Joseph in der »Bilderbibel des Schnorr von Carolsfeld« mit gefalteten Händen und kniend hinter Maria mit besorgtem Blick auf das Kind in der Krippe. Bei der Weihnachtsdarstellung Tilman Riemenschneiders hält Joseph den Wanderstab, als wüßte er schon, daß er bald wieder aufbrechen müsse, zur Flucht nach Ägypten, um das heilige Kind vor dem Zugriff des Herodes zu schützen. Den Stock in seiner Hand sehen wir auch in dem Bild von Lucas Cranach d. Ä. von der »Ruhe auf der Flucht« wieder. Hier findet sich bei Joseph, der im Begriff ist, seinen Hut aufzusetzen, sehr eindrucksvoll die Geste des Aufbruchs mit der Sorge und Verantwortung für die Mutter und ihr Kind.
Das sind Bilder, die uns für die Gestalt des Joseph einnehmen, eine Figur, die in bildhafter Überlieferung für Bescheidenheit und Frömmigkeit steht und der man spon-

tan ein Auge für die Gefahren in der realen Welt und ein väterliches Herz für den Sohn zuerkennt. Es regt sich daher eine tiefe Sympathie für diesen Mann, der seltsamerweise in den kanonischen Schriften der Evangelien niemals in einen Dialog einbezogen, von dem kein gesprochenes Wort überliefert wird, der im Traum die Stimme des Engels vernimmt und das ihm auf diesem Wege der inneren Eingebung aufgetragene Handeln und Verhalten gehorsam befolgt. Hat sich denn bei diesem braven, frommen Mann angesichts dessen, was ihm im Glauben abverlangt wurde, nicht doch auch Widerspruch seiner menschlichen Natur geregt? Wie nur hat er es fertiggebracht, Jesus als seinen Sohn anzunehmen, ohne daraus eine Frage der Ehre zu machen? Er, der Handwerker, der allein schon durch seine berufliche Tätigkeit in vielen sozialen Kontakten in Nazareth stand und der orthodoxen jüdischen Glaubensgemeinde zugehörte?

Da keine »amtlichen« geschichtlichen Quellen zur Heilsgeschichte vorliegen, und diese selbst nach mündlicher Überlieferung von den Evangelisten im heiligen Geiste verfaßte Aufzeichnungen darstellen, sind wir bei Nachforschungen zur Person und zum Leben Josephs auf die Berichte der Evangelisten aus der ersten Zeit nach Christi Geburt angewiesen. Der Kanon der vier Evangelien des Neuen Testaments war schon am Ende des zweiten Jahrhunderts nach Christi Geburt von den drei herausragenden Kirchenlehrern der damaligen Zeit – Irenäus in Gallien, Clemens in Alexandrien und Tertullian in Karthago – als Schriften der Apostel und Apostelschüler, deren Namen sie tragen, anerkannt. Aber es waren eine ganze Anzahl weiterer Evangelien im Umlauf, auf die sich damals durchaus rechtgläubige Christen noch beriefen, ehe diese Evangelien später als »unreine Quellen« den »Apokryphen«, der Schriftensammlung außerhalb des kirchlichen Kanons zugeschlagen wurden. Erst als sich das Kerygma (die Verkündigung) des Neuen Testaments als Rechtgläubigkeit durchgesetzt hatte, indem es einheitlich in der frühkatholischen Kirche interpretiert wurde, verschwand die nun als »ketzerische Tendenzliteratur« gebrandmarkte Literatur der apokryphen Schriften, die bis heute aber bei differenzierter Beurteilung doch als geschichtliche Quelle benützt wird. Dabei ist zu bedenken, daß in der ersten nachchristlichen Zeit das theologische Interesse primär dem Leiden, dem Tod und der Auferstehung Christi sowie seiner Lehr- und Wundertätigkeit galt und keineswegs seiner Geburt und Kindheit. Dies erklärt auch, daß das Weihnachtsfest erst im 4. Jahrhundert aufkam und bei den Gnostikern bis dahin die Taufe Jesu als sein Erscheinen auf Erden gefeiert wurde.

Aber schon in früherer Zeit wollte man mehr über die Geburt und Kindheit Jesu wissen, auch über Maria und Joseph, über das »familiäre Ambiente«, wie wir heute sagen würden. Hier aber sind in die lükkenhaften früheren Berichte viele Legenden eingewuchert, durch die alle Glaubhaftigkeit der apokryphen Schriften gelitten hat.

Justinus, der Philosoph und christliche Märtyrer, dessen hauptsächliche Schriften den Kriterien der Echtheit entsprechen (um 150 nach Christus), hat sich als in Rom wirkender Apologet und Kirchenvater mit dem Leben Jesu befaßt und nennt seine Quellen »Denkwürdigkeiten der Apostel«, ganz in Anlehnung an Xenophons »Denkwürdigkeiten des Sokrates«, wobei er an einer Stelle bemerkte, daß man den von ihm benutzten Ausdruck »Denkwürdigkeiten« im Sinn des griechischen Wortes auch als »Evangelien« verstehen könnte. In seinen Berichten begegnen wir denselben geschichtlichen Umrissen wie in den Evangelien, doch enthalten sie auch manches, das wir in den Evangelien nicht finden. So läßt er das Christkind in einer Höhle bei Bethlehem geboren werden und Jesus später seinem Vater Joseph bei dessen Zimmermanns- und Wagnerarbeiten behilflich sein. Und trotz der Verkündigung Marias durch den Erzengel Gabriel läßt Justinus den Joseph unter schlimmen Zweifeln an den Aussagen seiner Verlobten leiden, bis ihn ein Traumgesicht aufklärt. Dadurch rückt Joseph doch ein wenig mehr in menschliche Nähe.

Unter allen außerkanonischen Evangelien, durch deren Berichte Joseph zu etwas mehr Konturen als bei Matthäus und Lukas findet, ist das Protevangelium des Jacobus herausragend. Die älteste Handschrift dieses Jacobus-Evangeliums, die Origenes als »Buch des Jacobus« erwähnt, ist der »Papyrus Bodmer V«. Dieser Bericht enthält die Geschichte von Joachim und Anna, den Eltern der Maria, deren Geburt und die legendenhafte Erzählung von Marias Aufenthalt im Tempel bis zu ihrer Übergabe durch den Priester an Joseph. Der wendet aber dem Priester gegenüber ein: »Ich habe schon Söhne und bin alt, sie aber ist ein junges Mädchen. Ich fürchte, ich werde zum Gelächter der Söhne Israels.« Auf die Ermahnung des Priesters zu Gottesfurcht, »fürchtete sich Joseph und nahm sie in seine Obhut«. Dann aber läßt Joseph die Maria allein in seinem Haus und begibt sich auswärts, »um meine Bauten zu errichten«. In großer Lebendigkeit wird dann weiter erzählt und erlebt man das Drama, als Joseph bei seiner Heimkehr Maria im sechsten Monat schwanger fand und in ein Chaos von Zweifeln geriet, bis ihm im Traum die Stimme des Engels Aufklärung brachte. Selbst der Hohepriester glaubte erst dann an die Unschuld Josephs bezüglich der Schwangerschaft von Maria, als beide in einem religiösen Testverfahren die Aussetzung in der Wüste überlebten. Immerhin war in der israelischen Gemeinde das Gerücht verbreitet worden, Maria hätte während der Abwesenheit von Joseph Umgang mit einem Soldaten namens Panthera gehabt. Und so mögen Jacobus zur Widerlegung dieses Gerüchts die diskreten Hinweise von Matthäus und Lukas nicht mehr genügt haben. Daher schrieb er seinen so anschaulichen Bericht über die Eltern Jesu, dessen Geburt – bei der übrigens eine Hebamme auftritt – und über die Flucht nach Ägypten. Diesem apokryphen Evangelium des Jacobus war ein großer Einfluß auf die Literatur und Kunst bis zur Renaissance beschieden, leuchtet doch seine Diskretion, seine Innerlichkeit und Poesie weit über die Zeiten. Wir können an dieser Sprache den geistigen Unterschied zur Koine heutiger Berichterstattung ermessen. Freilich bedeutet das Jacobus-Evangelium auch die Grundlage der Marienverehrung und wurde daher von Luther verworfen.

Joseph erscheint in den Evangelien des Matthäus und Lukas, wie auch in den apokryphen Schriften zunächst einmal als personales Bindeglied zwischen dem Alten und Neuen Testament.
Die Beschreibung seiner Genealogie, seiner Herkunft aus dem Stamme Davids, seine eindeutige Verwurzelung in jüdi-

scher Frömmigkeit und religiöser Tradition seines Volkes machen ihn zum Vater des von den Propheten angekündigten Messias, der durch Joseph dem jüdischen Volk verbunden ist. Josephs tiefe Religiosität und Gläubigkeit stammt aus dem mosaischen Glauben der Väter. Ihm folgt er gehorsam, gottesfürchtig als väterlicher Beschützer der Maria und des Kindes, indem er – allen Zweifeln trotzend und landläufigen Stolz überwindend – Mutter und Kind den auch damals lebensnotwendigen rechtlichen und sozialen Schutz gewährt. Die Tatsache, daß er später zur Zeit des verkünderischen Wirkens Jesu nicht mehr in den Schriften erwähnt wird, muß nicht unbedingt durch einen frühen Tod erklärt sein, dessen ja nirgends Erwähnung geschieht. Die Mutmaßung erscheint nicht abwegig, daß Joseph im orthodoxen jüdischen Glauben verblieb und sich der Verkündigung seines Sohnes gegenüber reserviert verhielt, wobei er möglicherweise seine ihm von Gott aufgetragene Mission für erfüllt halten durfte. In der damals wie heute als vorbildlich geltenden Umsetzung von Glaubensüberzeugung in konkretes soziales Verhalten, die er ja Maria und dem Kind gegenüber bewies, hat er bereits »christlich«, das heißt im Sinne der späteren Lehre seines Sohnes gehandelt, wurde er für die Ankunft des Heilandes der Welt gleichsam jene Person, durch die das Licht der Botschaft entzündet wurde, in dessen Helligkeit und Glanz sich freilich sein bescheidenes Licht verlor.

Vermutlich war Joseph Witwer und schon etwas älter, als er Maria annahm, doch wohl keineswegs schon ein Greis, nachdem wir ja wissen, daß er auch nach Jesu Geburt noch sein Handwerk ausübte und die Flucht nach Ägypten gewiß eine gute Kondition voraussetzte. Daß Joseph sich Maria gegenüber, als sie schwanger war, enthaltsam verhielt, sie unberührt ließ, spricht für sein aus der Religiosität entwickeltes Feingefühl und für ethnische Observanz, somit für eine vorbildliche Beherrschung des rein Triebhaften. Auch hierin ist er Vorbild, woraus aber für das

Weitere in seiner Ehe ein späteres natürliches Verhalten ja nicht auszuschließen ist. Der mit Häme versehene Begriff der »Josephsehe« als einer Ehe ohne Intimbeziehungen ist eine zumindest nicht belegbare Unterstellung und auch aus dem höheren Lebensalter Josephs nicht abzuleiten.

Figur und Bedeutung des Joseph sind nur aus ihrem Zusammenhang mit der Heilsgeschichte der Evangelien zu verstehen, eingeschlossen die Prophezeiungen des Alten Testaments. Das haben schon die frühen Kirchenväter als überragende Geister der Spätantike so gesehen, und die über tausendjährige Arbeit der Theologie als Wissenschaft hat die Grunderkenntnisse darüber nicht verändert. Joseph ist zwar »nur« eine Randfigur in der Weihnachtsgeschichte, doch weisen ihm die älteren apokryphen Schriften durchaus jene Umrisse und jene Statur einer Persönlichkeit zu, die von alttestamentarischer Frömmigkeit zu christlichem Verhalten

überleitet. Dabei ist Joseph nicht nur Vorbild und Symbolfigur des »schweigenden Gehorsams und der gewissenhaften Pflichterfüllung«. Die zwar wenigen, aber doch recht lebendigen historischen Überlieferungen aus früher Zeit bringen ihn vielmehr in jene menschliche Nähe, die seinem Bild bis in unsere Tage eine unauslöschbare Aktualität verleiht.
Daß die biologische Vaterschaft nicht unbedingt auch einen Vater im sozialen und ethischen Verständnis entstehen läßt, erleben wir durch viele traurige Lebensschicksale von Müttern und Kindern leider allzu häufig. Aber Gesetz und geltende Meinung in der Gesellschaft nehmen auch heute noch Maß am biologischen Vater als dem »Zeuger« des Kindes. Joseph ist »Vater aus Berufung«. Er überwindet den biologischen Komplex und schafft einen schützenden Raum für Mutter und Kind, einen gesellschaftlichen Raum, dem die Wärme des liebenden Herzens zuströmt in wahrer väterlicher Sorge. Diese beispielhafte Vaterliebe verweist die hartnäckige

weltliche Frage nach der biologischen Vaterschaft auf die akademische Ebene. Was Joseph uns vorlebt, ist als glänzendes Beispiel einer »ethischen Vaterschaft« zu verstehen: die aus tiefer Religiosität kommende Bereitschaft, mit ganzer Liebe Verantwortung für ungeborenes Leben wie auch Schutz vor dem Makel gesellschaftlicher Minderschätzung von Mutter und Kind zu übernehmen. Er läßt anstelle aller biologischen Fragen der Familie seine sorgende Liebe angedeihen und findet mit Mutter und Kind letztendlich zum Sinn des Lebens, ein Weg, auf dem er sich von Gott begleitet weiß.

Die »ethische Vaterschaft« überragt als Akt einer Sinngebung jede *nur* biologische Vaterschaft um die Dimension eines höheren Verstehens der menschlichen Lebensgemeinschaft. Joseph erscheint im religiösen Aspekt als ein heiliger Mensch, da er Maßstäbe für ein vorbildliches Verhalten setzte. Wir schulden ihm daher Achtung, ja Verehrung.

So verstanden, ist Joseph, die Randfigur

der Weihnachtsgeschichte, beim Krippenspiel keineswegs eine »stumme, unbedeutende Rolle«, sondern ein Weg, der vom Rande her in jene Mitte führt, in der sich die Entscheidungen unseres Lebens ereignen.

… nach Christi Geburt

Oft hatte ich den alleinstehenden 82jährigen Theologieprofessor das Jahr über im Altenheim besucht. Am Heiligen Abend kam ich zum Gottesdienst im Saal des Heims und war anschließend zum gemeinsamen Abendessen eingeladen.
Nichts schien mir an diesem hohen Fest angemessener, als im Gedenken an die Geburt unseres Heilandes und das Wunder der Heiligen Nacht den Abend mit denen zu verbringen, die Alter und Krankheit in soziale Abgeschiedenheit, in organisierte Pflege und Versorgung gebracht hatten, in eine Sammelstelle für sorgebedürftige Unversorgte, für Menschen, die ohne »Anhang« waren, oder deren Angehörige ihre Sorgepflicht nur in materieller Unterstützung und gelegentlichen Besuchen abwickelten.

Der katholische Theologieprofessor war »ohne Anhang«. Er wurde aber von den Seelsorgern des Heims regelmäßig besucht, und seine Bescheidenheit und Klaglosigkeit brachten ihm viele Sympathien des Pflegepersonals. Wer hat oder nimmt sich heute schon die Zeit zu eingehendem Gespräch, zum Anhören, zu jenem Zuhören, bei dem sich etwa das riesige Wissen dieses Gelehrten und damit der Reichtum seiner Geistseele hätte entfalten können? Da ich mir bei meinen Besuchen meist längere Zeit nahm, wurde ich jedesmal von ihm in geistlicher und geistiger Hinsicht reich beschenkt.
Unvergeßbar ist mir der Besuch am Heiligen Abend, bei dem wir beide nicht ahnten, daß es der einzige und letzte bleiben würde, da der alte Herr im folgenden Jahr verstarb.
Sein Sprechen geschah gemessen, etwas langsam, aber mit klarer Stimme, so wie bei einer frei gehaltenen Ansprache, bei der mit kleinen Pausen immer wieder die Gedanken neu entwickelt und vorgeformt

werden. Was er nach dem Essen vortrug, als wir uns in seinem Zimmer bei einem Glas Rotwein gegenübersaßen, war wie ein Kolleg des gelehrten Kirchengeschichtlers an der Universität.
Gefragt hatte ich ihn, ob er mir einmal etwas über den Ursprung des Weihnachtsfestes und das neue Zeitverständnis durch Christi Geburt nahebringen könne. Und ganz in der Rolle eines wißbegierigen Schülers fügte ich meiner Bitte hinzu: »Noch nie hörte ich in Weihnachtspredigten, daß das Geburtsfest Christi – wie ich mich inzwischen kundig machte – ja erst im 4. Jahrhundert nach Christi Geburt Eingang in die Liturgie fand.«
Er atmete ein paarmal tief durch, lächelte ein wenig und sagte dann: »Sie müssen jetzt Geduld und Zeit haben, wenn ich versuche, Ihre ebenso berechtigte wie auch schwierige Frage zu beantworten.« Und nun begann sein aus dem Gedächtnis geschöpfter Vortrag.
»Wenn wir über die Entstehung des Weihnachtsfestes nachdenken, so vertieft sich

mein suchender Blick in die Geschichte des Christentums während der ersten Jahrhunderte nach Christi Geburt, als sich das Christentum auf dem Weg von schlichten Glaubensgemeinschaften hin zur Staatskirche des späten Römischen Reiches und in Formungsprozessen seiner Theologie befand.

Nun, obwohl sich die kirchengeschichtliche Forschung darum bemüht, den Ursprung und die Veranlassung des Weihnachtsfestes und des ihm verwandten Epiphanienfestes aufzuklären, liegt so manches noch im Dunkeln.

Als gesichert gilt, daß die Geburt Christi am 25. Dezember des Jahres 336 in der römischen Stadtliturgie gefeiert wurde. Das ist jedenfalls aus kalendarischen Listen der Todestage römischer Bischöfe und Märtyrer aus dem Jahr 354 zu schließen. Vieles spricht dafür, daß das im Osten entstandene Fest der Epiphanie, des Erscheinens Gottes in der Person Christi, am 6. Januar, in Rom erst nach dem Geburtsfest Christi am 25. Dezember Eingang in die Liturgie fand, während es in Mailand, in Gallien und Spanien schon vorher gefeiert wurde.«

»So wäre Weihnachten also eine römische Kreation?« warf ich ein.

»Formal vielleicht schon«, entgegnete der Professor. »Man sollte es aber so sehen, daß die Idee des Weihnachtsfestes entstand, als die Christen, für die ja bislang Ostern das erste Fest des Kirchenjahres war, sich mehr der Menschwerdung Christi bewußt wurden und sich dann auch mehr für die Herkunft des Jesus von Nazareth interessierten.

Die politische Situation wiederum erklärt, weshalb das Weihnachtsfest als »Natalis Domini nostri Jesu Christi« zuerst in Rom in die römische und dann auch in die ambrosianische Liturgie in Mailand eingeführt wurde.

Im Rom des 4. Jahrhunderts hatte sich zwar Kaiser Konstantin für den christlichen Glauben als Staatsreligion entschieden, doch schritt die Zurückdrängung heidnischer Kulte nur langsam voran. Den

Kaisern lag aus mehreren Gründen nicht viel daran, die christliche Kirche in ihrem Anspruch als alleinseligmachende Religion besonders zu fördern. Und das Volk war noch zu großen Teilen den heidnischen Kulten verbunden, durch die sie vielfachen Kontakt mit der Vergangenheit behielten. Die alte Staatsreligion samt ihrem Kaiserkult – dem allergrößten Ärgernis der Christen – bestand noch fort und erfuhr vor allem durch den römischen Adel eifrige Förderung. So gab sich Rom tolerant: die Heiden konnten ihren Kulten ebenso ungehindert nachgehen wie die Christen dem ihrigen.

Auf der Suche nach einer staatstragenden Religion hatte Kaiser Aurelian im Jahre 274 das heidnische Fest des »Unbesiegten Sonnengottes« (»Natale Solis Invicti«) zu Ehren des syrischen Sonnengottes von Emesa für das ganze Reich eingeführt und auf den Tag der Wintersonnenwende, den 25. Dezember, festgelegt. Die Feier dieses Festes fand solchen Anklang, daß die Christen sich veranlaßt sahen, der Attraktivität dieses Festes ein eigenes Fest am gleichen Tag entgegenzusetzen, nämlich das Geburtsfest Christi.

War denn nicht schon im Alten Testament der erwartete Messias als »Sonne der Gerechtigkeit« gepriesen (Maleachi 3,20)? Hatte sich Christus nicht selbst als »Licht der Welt« (Johannes 8,12) und als »das wahre Licht, das jeden Menschen erleuchtet« (Johannes 1,9) bezeichnet?

Nun waren die christlichen Theologen schon im 3. Jahrhundert darum bemüht, den im Evangelium nicht genannten Geburtstag Christi zu berechnen. Dabei wandte sich wegen der Christus-Sonne-Symbolik die Aufmerksamkeit der Theologen den Äquinoktien und den Sonnenwenden (Solstitien) zu. So kamen sie zu der Ansicht, Johannes der Täufer sei am Herbstäquinoktium empfangen und zur Sommersonnenwende geboren worden. Weil nach Lukas (1,26) Christus sechs Monate später als Johannes geboren worden sei, so wäre seine Empfängnis auf das Frühlingsäquinoktium (25. März) und

seine Geburt auf den 25. Dezember zu setzen.
Im Zusammenklang der neu aufsteigenden Sonne am Firmament und dem Beginn des Erdenlebens des Gottessohnes sahen die Christen nun ein Werk göttlicher Vorsehung. Darum wurde Weihnachten ein Erlösungsfest für die christliche Gemeinde in Zusammenhang mit Ostern. Die Anbetung der Weisen und Könige aus dem Morgenland und der Kindermord zu Bethlehem gehören daher bereits zur Epiphanienfeier.«
Als ich während einer kleinen Atem- und Gedankenpause des Professors den Anflug eines milden Lächelns im Gesicht hatte, räumte er ein: »Das Fremdgehen der Theologen in der Astronomie bei der Festlegung von Christi Geburtsdatum erscheint uns Heutigen ein wenig abenteuerlich, ja ausgesprochen mythologisch. Aber es waren gewiß weise und zudem in der biblischen Tradition äußerst erfahrene Männer, die mit dem uns weitgehend unbekannten Wissen ihrer Zeit sorgfältig

und überzeugend umzugehen verstanden.

Aber kehren wir noch einmal zu den ersten Weihnachtsfeiern in Rom zurück.

Das Weihnachtsfest von Christi Geburt ist nach vorläufigem Wissen wohl zunächst nur in der Petrusbasilika in Rom gefeiert worden.

Die erhaltenen zehn Weihnachtspredigten Papst Leos I., des »Großen« (440–461), geben uns genauere Einsicht in die römische Weihnachtsfeier. In Zusammenhang mit der damaligen Bekämpfung der »Arianischen Irrlehre« und gestützt auf das Konzil von Nicaea (325), das Jesus Christus als wahren Sohn Gottes und von gleicher Wesenheit wie Gott Vater erklärt hatte, rückte die Menschwerdung, die »Inkarnation« Christi, sein »Erscheinen im Fleische«, in den Mittelpunkt der Weihnachtsfeier. Die Texte der Feier kreisten um die Motive »Licht – Geburt Christi und Erneuerung des Menschen«.

Durch die Feier »ad praesepe« – »an der Krippe« – ist das Fest in der Folge zum

Volkstümlichen hin weiter ausgestaltet und bereichert worden.
Seit dem 6. Jahrhundert wurden drei Messen gefeiert:

die Christmette (Missa in nocte)
die Hirtenmesse (Missa in aurora)
das Hochamt (Missa in die).

Christus als Licht der Welt, das Leben und Wachstum schenkt, wird zum Zeichen des neuen Lebens und der Erlösung des Menschen, zum Vollender des göttlichen Heilsplanes. Durch Jesus von Nazareth sind göttliches und menschliches Sein real ineinander getreten, worin von nun an die Hoffnung menschlicher Existenz ruht.
In bezug auf die Evangelien wurde das Weihnachtsfest vor allem durch Lukas und Johannes geprägt, weniger durch das Matthäusevangelium, obwohl dieses ja auch eine Weihnachtsgeschichte enthält. Von Bedeutung war dabei, daß im Lukasevangelium Christus im Gegensatz zu Augustus und seiner »Pax Romana« als der wahre Friedensfürst gepriesen wird.

Hier muß ich einflechten, daß in den ersten nachchristlichen Jahrhunderten selbst von christlichen Theologen und Schriftstellern immer wieder einer Verquickung von irdischer Geschichte und christlicher Heilsgeschichte Vorschub geleistet wurde. – So meinte Origenes (185–253), der bedeutendste Gelehrte des Christentums in der Spätantike, die Koinzidenz der Herrschaft des Augustus und der Geburt Christi zeige, daß Gott das römische Reich eingerichtet habe, um die Völker für die christliche Lehre vorzubereiten. Die ausgleichende Einheitlichkeit der römischen Herrschaft habe die Kriege beseitigt und eine weitgefächerte Kommunikation unter den Völkern ermöglicht, so daß die Apostel ihr Missionswerk verrichten konnten.

Der christliche lateinische Dichter Prudentius (348–405) behauptete sogar, daß Rom mit seinen Gesetzen, seiner Gesittung und der Pax Romana Wesenszüge des Christentums vorweggenommen habe: Durch Rom sei die Menschheit für

die Religion der Liebe erst empfänglich gemacht worden.
Solchen Ansichten von Geschichtstheologie traten aber sowohl Ambrosius wie auch Augustinus, sein Nachfolger als Bischof von Mailand, entgegen. Augustinus erkannte, daß eine solche Art von Romglaube zu einer für die christliche Lehre gefährlichen Verbindung religiöser und politischer Heilserwartung führen würde. In seinem großen theologischen Werk vom »Gottesstaat« (Civitas Dei) wandte er sich daher gegen die versteckten Positionen heidnischen Immanenzdenkens, die sich zahlreicher Christen in christlichen Gedankenversionen bemächtigt hätten. Rom wurde jedenfalls von Augustinus rigoros in den profanen Bereich der Vergänglichkeit zurückverwiesen.
Auf diesem geistes- und religionsgeschichtlichen Hintergrund, wie ich ihn freilich nur anskizzieren konnte, verstehen wir, warum die Weihnachtsgeschichte von Lukas vorzugsweise benützt wurde: Das Heil dieser Welt kann nur Gott bewir-

ken. Alle Heilsversprechungen von weltlichen Fürsten und Institutionen sind profane Blendwerke und haben nichts mit der durch Christus bewirkten und mit ihm verbürgten Heilsgeschichte zu tun.«

Der alte Herr schien plötzlich aus einer weiten Gedankenwelt in die Gegenwart zurückzufinden, denn er sagte erschrokken: »Entschuldigen Sie, lieber Freund, aber ich hatte doch Wein eingeschenkt und wir haben noch keinen Schluck getrunken, ich bitte um Entschuldigung – stoßen wir doch auf Ihren lieben Besuch und das Weihnachtsfest an!«

»Ich habe nichts vermißt, Herr Professor«, besänftigte ich. »Was Sie zuletzt zum Unterschied zwischen der christlichen Heilsgeschichte und der Weltgeschichte mit den Heils- und Glücksversprechen politischer Mächte und wohl auch den profanen Heilserwartungen der Menschen zu allen Zeiten sagten, erscheint mir höchst aktuell. Stoßen wir doch deshalb als Christen auf die frohe Botschaft des Weihnachtsfestes an, die uns ständig über Zeit-

not klagende Menschen in ein neues Lebens- und Zeitverständnis führen will.«
Wir ließen die Gläser klingen und nahmen einen kräftigen Schluck.
Der alte Herr mit etwas blauen Lippen nahm ein Sprayfläschchen aus der Tasche und sprühte sich das Herzmittel auf die Zunge.
»Keine Sorge«, versicherte er, »ich fühle mich wohl und würde meine Gedanken über das Weihnachtsfest gerne noch ein wenig weiterführen, wenn es Ihre Zeit erlaubt.«
»Nichts ist schöner jetzt für mich, als Ihnen zuzuhören, wenn es Sie nicht zu sehr anstrengt«, versicherte ich aus vollem Herzen.
»Also«, fuhr er fort, »Sie fragten eingangs auch, was es mit Christi Geburt für ein neues Zeitverständnis auf sich haben könnte. Eine wichtige Frage, die ja mit Weihnachten zu tun hat, nachdem sich unsere Zeitrechnung an Christi Geburt orientiert und die meisten Menschen den

Rhythmus ihres Lebens an Kalendern ausrichten.

Nun, von Papst Gregor XIII. wurde im 16. Jahrhundert der nach ihm benannte »Gregorianische Kalender« eingeführt, der nicht nur Ungenauigkeiten der Zeitfolge des bis dahin gültigen altrömischen »Julianischen Kalenders« korrigierte, sondern auch als Ausgangspunkt der Zeitrechnung Christi Geburt bestimmte. Auf die Geschichte der Kalender einzugehen, wäre an dieser Stelle reizvoll, sogar wichtig. Aber ich muß mich ja kurz fassen und dazu nur bemerken: Die politischen Machthaber und ihre Ideologie haben es stets versucht, Einfluß auf den Kalender zu nehmen, den Kalender als Instrumentarium der Lebensvollzüge infolge seiner vielen Informationen und Anweisungen, als Sinngeber für das Verständnis von Zeit und Geschichte.

Die von Gregor XIII. eingeleitete »christliche Zeitrechnung« konnte jedoch das grundsätzliche Spannungsfeld zwischen Weltgeschichte und Heilsgeschichte nicht ändern. Die philosophischen Auseinandersetzungen mit der Theologie der Heilsgeschichte ziehen sich bis in unser Jahrhundert hin, und Kant, Fichte, Schelling und Hegel, um nur einige Namen zu nennen, waren – wie Sie wahrscheinlich wissen – in die Auseinandersetzungen zwischen Weltgeschichte und Heilsgeschichte verwickelt.

Judentum und Christentum waren aber nicht um die Geschichte der Welt besorgt, sondern um das Kommen des Reiches Gottes. Was wir an Weihnachten als Christen feiern, was mit der Ankunft von Jesus Christus beginnt, das ist für den Gläubigen keine neue Epoche in der Geschichte der Welt, sondern der Beginn des Endes von Sünde und Tod. Der Glaube an Christus befreit von den hoffnungslosen Geschichten einer falsche Erwartungen hegenden Welt.

Als Theologe und Historiker halte ich dafür, daß die moderne Überschätzung der Geschichte, ihre Erhebung zur »Weltgeschichte« unter anderem auch das Ergebnis unserer Entfremdung von der natürlichen Theologie der Antike und von der »übernatürlichen« Theologie des Christentums ist, die beide der Geschichte einen Umriß und einen übergeschichtlichen Horizont der Erfahrung und des Verständnisses geben konnten. Die christliche Zuversicht ist dem modernen Zeitverständnis und Geschichtsdenken verlorengegangen. Was blieb, ist nur noch die Sicht auf die Zukunft als solche.

Ich möchte gerne den evangelischen Theologen Karl Barth zitieren. Er sagte in seiner »Dogmatik«: »Die Heilsgeschichte ist nicht nur »eine« Geschichte und so etwas wie ein roter Faden im Geflecht der übrigen Geschichten, sondern die einzige eigentliche Geschichte, in der alle anderen (ich ergänze »Geschichten«) beschlossen sind, sofern sich nämlich die Heilsgeschichte in diesen zeichenhaft illustriert.«

Ich füge hinzu: Wäre es möglich, das mit Weihnachten beginnende Heilsgeschehen als Weltgeschichte oder als Teil von ihr

auszulegen, so würde das der Abschaffung des Unterschiedes von göttlichem und menschlichem Willen gleichkommen. Im übrigen kann das Christentum positiv indifferent gegenüber weltgeschichtlichen Differenzen sein, weil das Heilsgeschehen nicht weltgeschichtliche Reiche und politische Parteien, sondern das Heil der Seele eines jeden Menschen betrifft.
Als Glaube an Gottes einmalige Offenbarung in Christus kann das Christentum keine historische Entwicklung und keine eigentliche Geschichte haben. Die Zeit nach Christus – ich möchte noch einmal Augustinus zitieren – ist die letzte Zeit, und die Zeit zwischen dem ersten und zweiten Kommen von Christus, mag es lange oder kürzer dauern, ist nur ein Interim, eine Zwischenzeit. Der Fortgang der Weltgeschichte zeigt uns nur eine heillose und unsere Hoffnungen enttäuschende Abfolge von auf- und abtretenden Mächten dieser Welt. Die nachchristliche Welt, vor allem auch unsere moderne Epoche, übernimmt zwar vom christlichen Glau-

ben die Idee eines linearen, nicht umkehrbaren Fortschritts, jedoch ohne den Glauben an einen absoluten Anfang und ein absolutes Ende in Schöpfung und Gericht. Sie übernimmt auch vom antiken Zeitbegriff und Weltverständnis die Idee regelmäßiger Abläufe und einer kontinuierlichen Fortbewegung, aber ohne deren Voraussetzung der periodischen Kreisbewegung. Daher ist modernes Geschichtsdenken weder christlich noch heidnisch, sondern eine Mischung aus Glauben und Sehen, denn es will an die Zukunft glauben, obwohl es doch die Wiederholung des Gleichen sieht...

Weihnachten, das Fest von Christi Geburt, bedeutet daher vor allem auch die Rückbesinnung auf den Kompaß des geistlichen Lebens, der mit der Inkarnation Gottes in den gedemütigten Menschen und seiner Lehre vom richtigen Leben durch die Liebe den Weg weist...«

Der Professor unterbrach nun sein Sprechen. Er deutete mein Versunkensein im Nachdenken als Ermüdung und sagte:

»Jetzt aber genug der das Weihnachtsfest umkreisenden theologischen und philosophischen Gedankengänge! Freuen wir uns doch einfach, vergessen wir nicht das »légein ta legómena«, das »Sagen des Gesagten«, wie es Christen tun, wenn sie am Weihnachtsfest den Bericht des Lukas über das göttliche Wunder der Heiligen Nacht lesen und sich von der Realität und gleichzeitigen Spiritualität der Sprache des Evangelisten erfassen lassen und in ihrem Herzen wiederholen, was ich abschließend zu den trockenen theologischen Gedanken aus herzlicher, tiefer Überzeugung sagen will: Uns ist der Heiland geboren; er ist wirklich geboren worden, ein Licht, zu erleuchten die Menschen alle und ihnen die Furcht und die Ängste des Lebens zu nehmen ein für allemal.«

Der Professor hatte die Hände gefaltet und lächelte mir nun zu, als wollte er mir abschließend ein »ite missa est« sagen.

Wir verstanden uns, und nachdem ich meinen Dank gesprochen und wir dann

das Glas geleert hatten, verabschiedete ich mich.
Auf der Heimfahrt geisterten meine Gedanken durch das, was mir durch den gelehrten Gottesmann mitgeteilt worden war. Die Transzendenz, das »Übersteigen« der wissenschaftlich und vom Verstande her erfolgten Darlegung zum Weihnachtsfest am Schluß seiner Ausführungen, der kurze und bündige Hinweis auf die Wahrheit des Lukasberichtes über die Geburt Christi, daß wir uns einfach freuen dürften über die Tatsache, daß *in* Christus, *durch* ihn und *mit* ihm die Liebe Gottes offenbart wurde, ließ mich daran denken, daß ich mit der Frage nach der Geschichte des Weihnachtsfestes doch ein wenig weltliches Denken ins Spiel gebracht hätte. Wie verständig und liebevoll hatte der geistliche Herr aber sich dennoch meiner Neugier angenommen, wie behutsam und theologisch begründet hatte er mich wissen lassen, daß es in der Heilsgeschichte schon in den Anfängen des Christentums wie heute noch um die Befrei-

ung des Menschen von der Verabsolutierung des meist naiv aufgeklärten Verstandes geht, der sich aus der Religion verabschiedet hat und in immer weitere Radikalisierung diesseitiger, weltlicher Sehnsüchte verfällt. Mit Schaudern dachte ich daran, daß auch ich meine Zeit an meinem »Terminkalender« ausrichten muß und die Feste des christlichen Kalenders wie die meisten Menschen nur noch als Inseln der Ruhe im Gewoge einer riesigen Geschäftigkeit empfinde. Wann würde mich die tiefe Bewegtheit und Freude des Weihnachtsfestes so weit führen, die Zeit, meine Lebenszeit mehr auf die Heilsgeschichte auszurichten? Nach jedem Weihnachtsfest nehme ich mir für das neue Jahr einen Wandel vor, hoffe ich auf ein Mehr an seelischer Kraft. Ohne Weihnachten aber gäbe es nicht einmal diese Hoffnung.

Der Gang zur Krippe

Wohl zwei Jahre vor meiner Konfirmation und auch danach noch hatte sich eine Sing- und Spielgruppe um unseren Vikar in der Kirchengemeinde meiner kleinen Heimatstadt im Schwarzwald gebildet. Unser »Jugendchor«, dem auch einige Mädchen angehörten, trat bei besonders festlichen Gottesdiensten gleichsam als »Zugabe« zum Kirchenchor der Erwachsenen auf, und das galt vor allem auch an Weihnachten.

Nun war unser Vikar ein äußerst schöpferischer, begabter »Jungpfarrer«, der an Weihnachten, Ostern und Pfingsten auch kleine szenische Gestaltungen zu den Hochfesten der Kirche mit uns einübte und es ganz vorzüglich verstand, die in uns Jugendlichen verborgenen schöpferischen Gedanken herauszulocken und in die Planungen einer »lebendigen Gestaltung der christlichen Feste«, wie er das nannte, einzubringen. Das hatte zur Folge, daß wir jede Woche einen langen Abend bei ihm im Pfarrhaus verbrachten, um uns alle darüber Gedanken zu machen, wie wir etwa das Weihnachtsfest, und hier besonders den Heiligen Abend als historischen Auftakt einmal ganz besonders lebendig und sinnenhaft probeweise mit unserer Gruppe gestalten könnten. »Das Wunder der Heiligen Nacht« in einer erlebnishaften Weise zu gestalten, setzte er uns als Aufgabe und Thema gemeinsamen Nachdenkens. Und aus mehreren Gedankengängen, die wir nach und nach entwickelten, kristallisierten sich »die Hirten auf dem Felde«, die »Verkündigung des Engels des Herrn und der himmlischen Heerscharen« und »das Erlebnis der Krippe im Stall« als »kryptische«, also geheimnisvolle Szenen der Heiligen Nacht heraus. Behutsam hatte uns der Vikar zu diesem Ergebnis geleitet. Aber wir wurden bald darüber einig, daß wir ja kein umfassendes »Krippenspiel« daraus gestalten und nur nachspielen wollten, was es in vielen Varianten schon gab. Jetzt rückte endlich der Vikar mit seinem von ihm wohl schon konzipierten Vorschlag heraus, als er uns seinem Grundgedanken einer Aktivierung und »Versinnlichung« unseres Erlebens der Heiligen Nacht nahebrachte.

»Wir sollten die elementaren Grunderlebnisse der Nacht, der Dunkelheit, des Himmels, der Natur und ihrer Witterung, die Erscheinung des Lichts, sodann auch das besondere Milieu eines Stalls mit dem Geruch, dem Schnaufen und der Unruhe der Tiere, dem Geruch von Heu und Stroh mit allen Sinnen erfassen und uns vor allem auf dem Weg zu Stall und Krippe machen, uns auf das Ereignis in einer kleinen Nachtwanderung hinbewegen. Dabei soll Raum für Spiel und freie Gestaltung bleiben, und natürlich auch für eine Überraschung als Bescherung am Heiligen Abend«, sagte er. »Aber die verrate ich euch erst im Verlaufe unseres Spiels. Was wir jetzt festlegen sollten, das ist, welche von euch ›die Hirten auf dem Felde‹ sein wollen und wer, wenn ich die schwierige Rolle des Engels der Verkündigung übernehme, mich als ›himmlische Heerschar‹ begleiten wird. Die Gruppe der ›Hirten auf dem Felde‹ geht voraus zum Ort, wo sie eine Feuerstelle auf freiem Feld finden wird, um dort ein Feuer zu entzünden, um das sie sich stellen und warten, bis der ›Engel der Verkündigung‹ mit seinen ›himmlischen Heerscharen‹ kommt und ihnen dann den Weg zum Stall und zur Krippe weist. Dort werden wir gemeinsam Weihnachtslieder singen und später eine Bescherung abhalten. Der Ort unseres Agierens wird auf einer Berghöhe liegen, zu der wir durch den Wald hochsteigen müssen.« Der Vikar verriet uns schmunzelnd mit geheimnisvoll leiser Flüsterstimme: »Tischneck«. Das war eine Berghöhe, die wir auf Wanderungen nach Königsfeld zur »Brüdergemeinde« und zu Vorträgen von Albert Schweitzer, aber auch zur Schönheit und eigentümlichen Stille dieses Orts, jedesmal als gleichsam erste Etappe durchliefen. Dort oben war man »dem Himmel ein Stück näher«, wie meine Eltern immer sagten. In der auf der Höhe leicht gehügelten Landschaft gab es verstreut liegende Bauernhöfe.

Der Schwarzwald besaß dort noch ein ursprünglich gebliebenes Revier, wo wir im Sommer an den Brunnen vor den Bauernhöfen uns mit klarem, kühlem Quellwasser erfrischen konnten. Im Winter war auf dieser sich weit dehnenden Bergeshöhe ein Paradies für Skiwanderungen. Dort hinauf sollten wir also am Heiligen Abend steigen, wo die einen sich als Hirten wähnen, die anderen aber als »himmlische Heerschärler« den »Engel der Verkündigung« begleiten. Die bange Frage galt vordergründig dem Wetter: würden wir durch hohen Schnee stapfen müssen oder würde der Winter anhalten und uns eine »grüne Weihnacht« bescheren? Unser »Gang zur Krippe«, wie wir das Unternehmen nannten, konnte unter Umständen zu einem beschwerlichen Abenteuer

werden. Aber der Vikar erinnerte uns wieder an einen seiner »Sprüche«: »Wenn sich in der Welt etwas bewegen soll, so müssen wir uns selber mit Körper, Seele und Geist bewegen.« Und er sprach es nicht aus, sondern überließ uns die Fortführung dieses Gedankens auf das Erlebnis des Christfestes. Abschließend meinte er nur: »Ich hoffe, daß wir auf unserem Weg zur Krippe auch zum Frohsinn des Geburtsfestes unseres Herrn finden.«
Für unsere Eltern gab er uns ein kurzes Brieflein mit. Die Eltern möchten doch seiner Bitte entsprechen, uns Buben und Mädchen ausnahmsweise »familiären Dispens«, ja sogar den elterlichen Segen mit auf den »Weg zur Krippe« geben und Verständnis dafür aufbringen, wenn der Sohn oder die Tochter erst gegen Mitternacht wieder zu Hause ankäme und ausnahmsweise am Heiligen Abend der Familie entzogen wäre.
Fünf Mädchen und elf Buben erhielten die Freistellung vom Elternhaus und den »Segen« in Form sorgender Empfehlungen:

»Zieh di au' warm a und a Paar feschte Schuh'!«
Das Wetter war fast nach Wunsch: Ein paar Tage vor Heiligabend hatte es einmal geschneit und eine dünne Schneedecke übers Land gezogen. Dann wurde es klirrend kalt – »zu kalt zum Schneien«, sagten die Leute. Der Himmel war klar und nachts mit Sternen besetzt.
Sechs Buben und zwei Mädchen bildeten die Gruppe der Hirten und machten sich eine Stunde früher, angeführt von der Verlobten des Vikars, auf den Weg zur Feuerstelle oben auf der Höhe.
Ich hatte mich zu den »himmlischen Heerscharen« gemeldet. Wir waren drei Mädchen und fünf Buben und zogen mit dem Vikar eine gute Stunde später los. Zuvor gab der Vikar jedem von uns eine große Stablampe, die ein heftiges Licht ausstrahlte. Er unterrichtete uns, wir sollten uns, wenn wir auf die »Hirten« zugingen, dicht hinter und um ihn gruppieren und mit den starken Lampen die Hirten anleuchten, sie gleichsam so blenden, daß sie

ihn, den »Engel der Verkündigung«, gar nicht anblicken könnten. Und nach der »Verkündigung« würden wir das Lied singen: »Es ist ein Ros' entsprungen...«, danach noch »Kommet, ihr Hirten...« Das übten wir, bevor mir der Vikar ein Gestell in einem Futteral übergab und mich bat, ihm diese Last abzunehmen, da er ein schweres Gerät in einer Hülle sich ums Genick hängte. »Das soll eine Überraschung geben«, sagte er geheimnisvoll.

Und wir zogen los. Ich erinnere mich.

Die in fünf Tälern ausgebreitete Stadt lag im Dunkel der hereingebrochenen Nacht, der »Heiligen Nacht«. Aus vielen Fenstern drang Licht. Vereinzelt strahlten Tannenbäume mit elektrischen Kerzen – Weihnachtsbäume vor Häusern, in Gärten. Eine dünne Schneedecke glitzerte im Licht der Straßenlaternen. Der Weg war an vielen Stellen rutschig, gebot Vorsicht beim Gehen. Da wir bei unserem »Gang zur Krippe« wenig, wenn möglich gar nicht sprechen, sondern zu uns kommen, auch bei unseren Gedanken bleiben sollten, hörten wir nur kurze Mahnungen und Weisungen... »Hier ist es glatt! Vorsicht, mehr am Rand gehen... Nur langsam, wir sind nicht in Eile...!« Ich erinnere mich und höre noch, wie der leicht gefrorene Schnee unter unseren Stiefeln knirschte. Es war sonst alles ruhig; je mehr wir auf dem Wanderweg anstiegen, dem Eingang in den Bergwald entgegen, wurde die Ruhe leis. Wir hielten immer wieder an, um nun ins Tal hinunter und zum Himmel aufzublicken, hinauf zu den unterschiedlich hellen Sternen in den unendlichen Fernen und Tiefen des Firmaments. So intensiv ich mich auch anstrengte: ich mußte alle Phantasie übersteigern, um glauben zu können, daß aus dieser eisigen Ferne des Himmels das Christkind auf unsere Erde herabgekommen sein könnte – nein, undenkbar, unvorstellbar... Da müßte ich den Vikar noch eingehend befragen, um als »himmlischer Heerschärler« zu erfahren, ob ich aus den riesigen, eisigen Fernen des Universums käme, oder auch als einheimi-

scher Erdbewohner dazu berufen sein könnte.
Wir erreichten den Wald und wurden vom belebenden Fichtenduft eingehüllt. Harz- und Tannenduft hat uns Schwarzwälder seit den ersten Atemzügen begleitet, so innig und bleibend, daß ich als Kind nach Einreibungen mit Fichtennadelöl wiederholt geträumt hatte, ich wäre ein Tannzapfen und im Stande, von einer hohen Fichte im Fluge auf den weichen Nadelboden herniederzugleiten, im Fluge, als käme ich vom Himmel herab, nachdem der Storch meine Mutter ins Bein gepickt hatte und sie einsam wie Maria durch den Tannenwald ging. Diese Träume bewahrte ich lange in angenehmer Erinnerung. Sie verknüpften sich märchenhaft mit dem Wunder der Heiligen Nacht, mit dem Weg der Eltern des Christuskindes, das ja auch vom Himmel der Maria in den Schoß gefallen war und mit dem Maria und Joseph nun im fernen Bethlehem ein Unterkommen im Stall bei den Tieren in einem Bauernhof finden konnten.

Als meine Eltern oftmals erzählten, sie hätten jede Woche in meinem ersten Lebensjahr den Kinderwagen mit mir diesen Weg, den wir nun in der Heiligen Nacht gingen, empor auf die Höhe geschoben, um oben bei den Bergbauern um Milch für mich zu betteln, da stellte ich mir meine Eltern wie Maria und Joseph vor. Es war Inflationszeit nach dem Ersten Weltkrieg, und äußerst schwierig, frische Milch zu bekommen und sie von dem kleinen Einkommen des Vaters bei der galoppierenden Geldentwertung zu bezahlen. Und viele der Bergbauern hatten ein Herz für die in Not Geratenen. Ganz besonders war es der »Hügelesbauer«, dessen Hof auf einem Hügel stand. Die Moosmanns, wie die braven Bauersleut' hießen, taten an zwei Tagen in der Woche je einen Liter Milch für mich, den Säugling damals, zurück, und darauf konnten sich meine Eltern verlassen. Die Moosmanns zählten zudem zur kleinen evangelischen Gemeinde und waren eine sehr religiöse Familie. Wenn sich meine Eltern bedankten, lautete die von diesen wunderbaren Menschen ausgesprochene Devise jedesmal gut schwäbisch: »Mir Chrischte müsset grad in Notzeite z'ammehalte.« Meine Eltern und ich, als ich im Schulalter war, halfen bei Moosmanns alljährlich auf dem Feld, wobei ich mich an viele schöne Erlebnisse, besonders bei der Kartoffelernte erinnere. Das ging mir alles in vielen Szenen des Erinnerns durch den Kopf, als wir im dunklen Wald emporstiegen, dann und wann über mächtige Baumwurzeln stolperten und ich zwischendurch auch an die Eltern dachte, die zu Hause wohl mit meinem jüngeren Bruder jetzt den Christbaum leuchten ließen und Bescherung abhielten. Wir aber wuchsen mit jedem mühsamen Schritt bergauf immer mehr in die heilige Stille, die uns die so erquickende, urtümliche Natur des Schwarzwaldes an diesem Abend schenkte. Wir waren schwitzend trotz der Kälte unterwegs zur Krippe, dunkle Gestalten im matten Licht des Sternenhimmels.

Als wir oben aus dem Wald heraustraten und den letzten Anstieg vor uns hatten, sahen wir auf der Höhe einen kleinen Lichtschein. Der Vikar hielt an und sagte: »Jetzt sind wir schon den Hirten auf dem Felde nah.« Wir schalteten zur Probe kurz unsere hellen Lampen an und richteten die Lichtbündel in den Himmel, um damit den »Hirten« vielleicht schon ein erstes Zeichen zu geben.

Als wir die Kuppe der ersten Anhöhe erreicht hatten, sahen wir das Feuer auf dem Felde lodern, umstanden von den Hirten, die sich wärmten und alle in die prasselnden Flammen und hochgeschleuderten Funken blickten. Sie hörten unsere leise Annäherung wohl nicht.

»Und es waren in der Gegend Hirten auf dem Felde, die hüteten des Nachts die Herde... Und siehe, des Herrn Engel trat zu ihnen, und die Klarheit des Herrn leuchtete um sie; und sie fürchteten sich sehr...«

Tatsächlich erschraken unsere »Hirten«, als sie plötzlich von so vielen grellen und

starken Lichtern angeleuchtet und geblendet wurden.
Und der Engel des Herrn sprach zu ihnen: »Fürchtet euch nicht, denn ich verkünde euch große Freude, die allen widerfahren ist, denn euch ist heute der Heiland geboren, der ist Christus, der Herr, in der Stadt Davids.«
Gemeinsam mit dem Verkündigungsengel sprach unsere »himmlische Heerschar«: »Ehre sei Gott in der Höhe und Friede auf Erden und den Menschen ein Wohlgefallen.«
Jetzt richteten wir die Strahlenbündel aus unseren Lampen nach oben und begannen zu singen:

»Es ist ein Ros' entsprungen
aus einer Wurzel zart,
wie uns die Alten sungen,
von Jesse kam die Art...«

Unsere »Hirten« rieben sich noch ein wenig die Augen und sangen dann mit uns den zweiten Vers, bevor wir das Lied anstimmten:

»Kommet, ihr Hirten, ihr Männer und Frau'n,
kommet, das liebliche Kindlein zu schau'n,
Christus, der Herr, ist heute geboren,
den Gott zum Heiland euch hat erkoren.
Fürchtet euch nicht!«

Als wir das Lied zu Ende gesungen hatten, sagte der Vikar:
»Wir sind in der Heiligen Nacht hinausgegangen in die winterlich rauhe, aber in dem uns selbst auferlegten Schweigen gerade nachts so geheimnisvolle Natur. Die Natur selbst hat auf ihre Weise gesprochen:
Sie hat mit ihrer Stille und ihrer spärlichen Helle in uns etwas zum Klingen gebracht und etwas vor unsere inneren Augen treten lassen, das Gott uns geschenkt hat, das wir aber im blendenden Licht und der Lautheit des Tages nicht wahrnehmen. Es ist das, was nun durch die Geburt unseres Heilands zum Vorschein kommt und

seine Stimme in uns erhebt. Es ist unsere so verborgene Sehnsucht nach Liebe und Wärme, nach dem Wohlgefallen Gottes, nach Anerkennung unseres Bemühens, ein guter, friedfertiger, hilfreicher Mensch allen Menschen zu sein. Nicht der Ehrgeiz, immer nur der Beste zu sein, der Erfolgreichste und mit Geld und Gütern ausgestattete Mensch, sondern ein Mensch zu werden, der die anderen zu verstehen und sie als Brüder anzuerkennen vermag, der durch seine Liebe alle anregt, so zu denken und zu leben, wie es uns Christus vorgelebt hat. Dieser Sohn Gottes, der unter einfachsten Verhältnissen als Kind in einem Stall zur Welt kam, hat uns nicht das Weltall erklären und enträtseln wollen. Er hat uns gelehrt, wie wir leben und miteinander umgehen sollen. Und das, ihr lieben jungen Freunde, ist deshalb so wichtig, weil es davon abhängt, ob der Mensch hier und im Weltall überleben oder ob er zugrundegehen wird, wenn weiterhin Kriege unter Menschen geführt werden, anstatt daß sich die Menschen alle zusammentun, um das Leben auf unserem Planeten so schön wie nur möglich zu machen und sich gemeinsam gegen Katastrophen zu schützen, die der Unverstand mancher Menschen immer wieder auslöst. Schauen wir jetzt doch einmal zum Himmel auf ein paar Sterne, die unserer Erde relativ nahe sind.«

Rasch war das Stativ entfaltet und das Fernrohr aufgesetzt. Der Vikar erklärte, während er mit dem Fernrohr suchte: »Wegen der Kürze unserer Zeit vor dem Gang zur Krippe will ich euch nur zwei Objekte einstellen und betrachten lassen... das erste – da hab' ich's jetzt – ist ein heller Fleck, kein einzelner Stern, sondern ein sogenannten »Kugelsternhaufen«, der enthält nach astronomischer Erkenntnis bis zu 50 Millionen Sterne in einem Durchmesser von etwa 200 Lichtjahren...« Wir blickten jetzt der Reihe nach durch das Fernrohr und sahen den »hellen Fleck«, der sich in die umgebende Zone eines Meeres von »Funken« auflöste, alles weitere kleine Häufchen von Sternen...

»50 Millionen Sterne nur in diesem fernen kleinen hellen Fleck am Himmel – und eine Ausdehnung von 200 Lichtjahren, also 200 Jahre mit Lichtgeschwindigkeit«, ging es mir durch den Kopf... »Trotz aller Messungen unvorstellbar...« Danach stellte der Vikar das Fernrohr auf den Jupiter ein, »den größten der Planeten, den wir wegen seiner Leuchtkraft am Nachthimmel sogar mit bloßem Auge erkennen können. ›Jupiter – Ju-piter‹ gleich ›Zeuspater‹, was ›Himmelsvater‹ bedeutete, nannten die Römer diesen Stern und sahen in ihm den Garanten und Erhalter der kosmischen Ordnung; aber Jupiter als heidnische Gottheit war auch der Bewahrer aller menschlichen Ordnung, so auch des römischen Staates. Als ›Mächtigster und Gewaltigster‹, als ›Jupiter Optimus Maximus‹ wurde dieser Gott, zusammen mit seiner Gemahlin Juno und der Minerva, der Göttin der Wissenschaft und des Handels, in einem Tempel auf dem Kapitol verehrt. Der Planet Jupiter strahlt etwa dreieinhalbmal soviel Energie ab, wie er von der Sonne erhält. Im Fernrohr sehen wir seine helle, ›erleuchtet‹ wirkende Scheibe, stark abgeplattet, was sich durch seine schnelle Rotation erklärt, dreht er sich doch in weniger als zehn Stunden um seine Achse, die fast senkrecht auf seiner Umlaufbahn steht. Dunkle und helle Streifen weisen auf Wolkenflächen oder Wolkendecken hin. Der Jupiter wird von zwölf Monden oder Satelliten umgeben ...«

Ich war wie alle von der »Nähe« und Leuchtkraft dieses größten aller Planeten der Sonne so fasziniert, daß ich dieses »Sternbild« als Inbild für Sterne bis heute noch vor Augen habe.

Nun waren wir alle von diesem Blick in die Sternenwelt des Himmels so erfaßt, daß wir für einen Augenblick sogar die Krippe im Stall vergaßen. Der Vikar holte uns aus den Fernen unserer Gedanken zurück und schlug vor, daß wir nun von den Naturerlebnissen Abschied nehmen könnten mit einem Lied, das von Beethoven vertont wurde und im Text den Sternenhimmel erwähnt –

»Heil'ge Nacht, o gieße du
Himmelsfrieden in mein Herz...«

sagte eines der Mädchen und betonte, dies sei das Lieblingslied ihres Vaters.
»Seltsam«, denke ich nun in fortgeschrittenen Lebensjahren, »daß ich solch ein Detail der Geschichte vom »Gang zur Krippe« noch weiß. So tief hat sich anscheinend das Erlebnis damals in meine junge Seele eingraviert.«
Ja, wir sangen dieses Lied, und fanden damit wieder zu unserem Ziel, zum Stall und der Krippe zurück. Als wir aufbrachen und der Vikar verschmitzt meinte: »Im Stall erwarten uns schon der Esel und die Kühe und Kälber«, da wußte ich, daß uns der kurze Weg zum »Hügeleshof« der Familie Moosmann führen würde, denn nur sie hatten hier auf den Höfen der Bergbauern einen Esel als exotische Rarität im Stall. Zwei Laternen, die eine vor dem Stall, die andere vor dem Eingang ins Haus, empfingen uns, als wir auf den »Hügeleshof« der Moosmanns zugingen.

Alles war still. Aus den Fenstern der großen Wohnstube drang durch die geschlossenen Vorhänge sanftes, warmes Licht.
Der Vikar versammelte uns vor dem Hof um sich und sagte: »Wir kündigen jetzt mit dem Lied »Kling, Glöckchen« unsere Ankunft an. Dann gehen wir leise in den Stall und verhalten uns erst einmal fünf Minuten mucksmäuschenstill, um die Tiere atmen zu hören. Sie hören uns zwar, sollen sich aber erst ein wenig an uns gewöhnen. Dann kommen die Moosmanns und bescheren das Vieh im Stall gemeinsam mit uns. Abschließend singen wir: »Kommet, ihr Hirten«, und schließlich gehen wir in die Wohnstube zur Krippe und zum Christbaum und singen ein paar Weihnachtslieder. Und dann ist Bescherung und ein ländliches Essen.«
Der Vikar steigerte mit dieser Ankündigung unsere gespannte Vorfreude. »Du, des wird schöö'!« rief eines der Mädchen, und sie sagte damit, was wir auch empfanden.
Vor dem Stall rückten wir zusammen und

sangen »Kling, Glöckchen, klingelingeling,

...Laßt mich ein, ihr Kinder,
ist so kalt der Winter,
öffnet mir die Türen,
laßt mich nicht erfrieren...«

Ja, es war kalt hier oben auf der Höhe des Schwarzwalds, und so waren wir froh, als Herr Moosmann von innen die Stalltüre öffnete und wir in die Wärme des Stalles schlüpfen konnten.
»Pssst!« gebot der Vikar uns Stille. Wir gingen gleich in den Futterraum hinter dem Stall, von dem uns nur die Futterkrippe trennte. Es roch nach Stall, nach Dung und Kühen, im Futterraum aber auch nach Heu und Stroh. Stall und Futterraum waren nur schwach beleuchtet.
Nun standen wir still da und lauschten, hörten das Atmen und Schnauben der Kühe, die sich größtenteils schon niedergelegt hatten. Es klang mir so, wie ich es schon bei vielen Aufenthalten im Stall vernommen und gedeutet hatte: als das

Schnaufen eines großen Tieres, darin ein Seufzen verborgen war... ein »achjah...« gehaucht aus der wie eingeborenen Erkenntnis: es ist halt so wie es ist – jedes Tier hat eben sein Schicksal... Und mir schien es daher schon lange erklärlich, warum Kühe und Kälber das immer wieder zum Brüllen fanden. »Milch zu geben und einen Wagen oder den Pflug zu ziehen, das ginge ja noch. Aber ins Schlachthaus zu kommen, wenn man nicht mehr oder überhaupt noch nicht kann, wie die Kälber...« Das wußten diese Tiere auf eine geheimnisvolle Weise, wie ich mir schon als Knabe einbildete, weshalb ich aus innerem Widerstreben zur Besorgnis der Eltern kein Fleisch aß und lieber eine blutbildende, eisenhaltige Tinktur jeden Tag schluckte. Der Vikar schien Gedanken lesen zu können, denn als Herr Moosmann mit Sohn und Tochter kam, sprach er mit fester Stimme einen Dank an die Tiere im Stall.

»Wir sind ehrfürchtig in den Stall zu den Tieren gekommen, die einst in dem Stall zu Bethlehem mit ihren Leibern dem Christuskind ihre Wärme schenkten und es ermöglichten, das neugeborene Kind auf Stroh zu betten. Der Heiland hat mit seiner Geburt die ganze Schöpfung Gottes in seine Botschaft einbezogen, das Weltall mit seinen zahllosen Sternen, von denen wir einige durch das Fernrohr betrachten konnten. Aber auch die Tiere sollen wir in die Weihnachtsfreude einbeziehen. Daher heißt es im Gebet eines Hirten in einem Weihnachtsspiel:

›Wenn du dich meiner gnädiglich
erbarmst, o Heiland, so bitte ich dich,
du wollest dieses Erbarmen zugleich
bezeugen dem ganzen Weltenreich,
den Sternen auf der himmlischen Flur,
den Schafen und jeglicher Kreatur,
den Gräsern und dem stummen Gestein.
Nimm alle in deinen Frieden hinein.‹

Und gerade die Tiere sind es, derer wir heute gedenken müssen, wie es der heilige Franz von Assisi gefordert hat: ›Gott

wünscht, daß wir den Tieren beistehen sollen, allemal, wenn es vonnöten ist.
Ein jedes Wesen in Bedrängnis hat gleiche Rechte auf Schutz.‹ Und wir erinnern uns dabei auch an Albert Schweitzer, der so oft sich im nahen Königsfeld aufhält. ›In einer Welt des Hasses und der Gewalt‹, so bekennt er, ›dürfen wir glücklich sein, der Ehrfurcht vor dem Leben zu dienen. Ethisch ist der Mensch nur, wenn ihm das Leben, auch das des Tieres, heilig ist.‹
So wollen wir unserem Gastgeber danken, daß wir nun hier im Stall auf seinem Hof ›die Bescherung der Tiere‹ miterleben dürfen, die er seit vielen Jahren schon der Feier im Familienkreis vorangehen läßt.«
Nun flammten die elektrischen Lichter im Stall und im Futterraum auf, und der Bauer und seine schon großen Kinder warfen den Kühen Heu in den Futtertrog, und die Kälber bekamen einen Milchbrei mit Haferkorn, für den Esel im Hintergrund standen Rüben in einem Eimer be-

reit, und wir waren eifrig bemüht, bei dieser Weihnachtsfütterung behilflich zu sein.
Die Kühe hatten sich schon während der Ansprache des Vikars auf die Beine gestellt und brüllten erwartungsvoll ihr »Muuuh«, in das auch die Kälber mit dünner Stimme einfielen. Die Mädchen eilten zum Esel, gaben ihm gelbe Rüben, die er artig aus den Händen rupfte, und alsbald war ein zufriedenes Malmen im Stall zu hören. Wir streichelten die Kühe, die Kälbchen, den Esel. Wir redeten mit den Tieren im Stall, und der Bauer erzählte aus dem Leben der Kühe: wie sie zur Welt kamen, als Kälbchen gepäppelt wurden, wie sich später die Euter entwickelten und sie anfingen, Milch zu geben... Ja, die »Blesse« dort vorn sei eine Milchkuh mit Rieseneuter und liefere täglich um die 15 Liter Milch. »Sie hat auch viel Verstand, denn sie versteht alles Wichtige und genießt es, wenn man sie lobt und streichelt. Dann schließt sie nämlich die Augen und hält den Kopf still und ich sehe und spüre,

wie glücklich die Brave ist.« So erzählte Herr Moosmann.
Aus unserer Rührung über den so persönlichen, liebevollen Umgang von Herrn Moosmann mit seinen Stalltieren riß uns seine Frau mit der Einladung: »Kommet bitte jetzt in d' Stub'. 'S Esse isch auf em Tisch.«
In der wirklich großen Bauernstube waren ein langer Tisch und ein etwas kleinerer übers Eck weihnachtlich gedeckt, mit Tannenreis und Kerzen geschmückt. In Abständen große irdene Schüsseln mit Kartoffelsalat und auf Platten Bratwürste... Eine Tafel, die schon mit ihrem Duft der Würste ins irdische Elysium lockte. Und so verfielen wir nach dem Tischgebet des Vikars in herzhaftes Schmausen, gab es doch auch heißen Glühwein und heißes Himbeerwasser nach Wunsch.
Das ging bei allmählich munterem Geplauder eine gute Stunde hin.
Nun zündeten Bauer und Bäuerin die Kerzen am Christbaum an und auch die Lich-

ter einer großen Krippe mit dem Stall, mit dem Kind in der Krippe und Maria und Joseph, mit Schafen und Eseln im Hintergrund und zahlreichen Hirten, die niedergekniet waren oder andächtig vor der Szene im Stall auf ihre Hirtenstäbe gestützt dastanden.

Der Vikar bedankte sich bei der Familie Moosmann für die uns geschenkte Gastlichkeit und die so herzliche, brüderliche Aufnahme in ihrem Haus und ihrer Familie. »Dadurch durften wir den Heiligen Abend in seiner Ursprünglichkeit erleben«, sagte er, »denn Weihnachten ist eigentlich ein Fest der Gemeinschaft, ein Fest für alle, die bei der Geburt Christi die Nähe Gottes feiern wollen. Denn Gott ist uns durch Christus in besonderer Weise nahegekommen, uns, aber auch der ganzen Schöpfung, die wir in dieses festliche Gedenken einbeziehen sollten...«

Nun scharten wir uns um den Christbaum und die Weihnachtskrippe und sangen »Stille Nacht, heilige Nacht« und »O du fröhliche, o du selige, gnadenbringende

Weihnachtszeit«. Der Vikar und seine Verlobte bescherten danach die Familie des Bauern Moosmann mit kleinen Geschenken, bevor wir uns alle bedankten und auf den Heimweg machten.
Ziemlich still verlief der Weg zurück. Wir waren wohl auch alle mit den Erlebnissen bei unserem »Gang zur Krippe« beschäftigt. Der Vikar hatte uns den Heiligen Abend so ganz anders gestaltet, als wir es von der Stubenfeier in der Familie gewohnt waren. Aber wir fühlten uns, wie alle immer wieder versicherten, vom Erlebnis draußen im dunklen Wald, am Hirtenfeuer auf dem freien Feld, beim Fernrohrblick in den Himmel und die nahegerückten Sterne, von der Begegnung und Gemeinsamkeit mit den Tieren im Stall, aufgenommen von der lieben Bauernfamilie, deren Bewirtung und der gemeinsamen Andacht vor der Krippe und dem Christbaum, dem gemeinsamen Singen der Weihnachtslieder auf eine Art und Weise beschenkt, die für immer ins Buch unseres Lebens ihren Eintrag fand.

Eine neue Dimension des Menschen

In Rumänien auf dem Rückzug aus Rußland waren sie 1944 in russische Gefangenschaft geraten, die Reste einer eingekesselten Infanterie-Division samt dem ganzen Führungsstab. Unter den Offizieren auch der evangelische Feldgeistliche, ein schon über fünfzigjähriger Pfarrer, ebenso auch mein Freund als erst 24jähriger Ordonnanzoffizier, dem ich diese Weihnachtsgeschichte verdanke. Er hat sie mir und meiner Familie nach dem Krieg einmal an Weihnachten erzählt und als besondere Erinnerung aus seinen Tagen im Rußlandfeldzug hinterlassen.

Er saß damals im Dezember 1944 zusammen mit den Offizieren des Divisionsstabes beim Abtransport der Gefangenen nach Rußland in einem mit Stroh ausge-

schlagenen Güterwagen. Die Offiziere waren abgesondert worden und erfuhren bescheidene Vorzüge, so das Stroh im Wagen und eine Scheibe Brot mehr als die Mannschaften und Unteroffiziere.
Als der Transportzug Saporoshje am Dnjepr erreicht hatte, einst Station auf dem siegreichen Vormarsch 1941, war der Winter voll hereingebrochen und drang eisige Luft in die Güterwagen, in denen sich die Soldaten und auch die Offiziere in ihren Mänteln eng zusammensetzten, um die Körperwärme zu nützen. Alle waren bedrückt. Die Bangigkeit vor dem Ziel dieser Reise, vermutlich ein Gefangenenlager in Sibirien, wich nie so recht, obwohl Witze und kleine Vorträge abzulenken versuchten. Der Pfarrer, er hieß Gottlob Weiß und stammte aus Reutlingen, stiftete so manchen Trost durch Gebet und Worte aus der Bibel, vor allem auch in meist langen Einzelgesprächen. Der Gottesmann war geradezu ein Hort innerer Ruhe und Gelassenheit und schöpfte ganz aus seiner Geborgenheit im Glauben. In

den Nächten vor dem bevorstehenden Weihnachtsfest saß er oft viele Stunden vor dem schwachen Licht zweier sogenannter »Hindenburglichter«, Wachslichtern in kleinen Näpfen, meditierte und schrieb an einer Weihnachtsansprache, die vielleicht seine letzte sein würde, weil die Bolschewisten jede religiöse Veranstaltung untersagten.
Pfarrer Weiß wußte, daß er bei den Offizieren zwar von getauften Christen umgeben war. Aber viele hingen noch dem »Führerkult« an. Die Ideologie des Nationalsozialismus hatte so manchen entchristet und einem vordergründigen realistischen Denken zugeführt. Christlicher Glauben und alles, was mit der Kirche zu tun hatte, schien überholt und einer vergangenen Zeit anzugehören. Der erbarmungslos geführte Krieg, besonders in Rußland, bei dem es, wie sie sagten, »um Sein oder Nichtsein« des deutschen Volkes und seiner Kultur ginge, hatte sich in das Denken und in die Gesichter der Soldaten eingegraben. Aber nun, da sich alles

zuungunsten im Kriegsverlauf gewendet hatte, waren die Herren so ziemlich am Ende ihres Lateins. Die Hoffnung auf einen militärischen Sieg und einen siegreichen Frieden griff immer mehr nach dem Strohhalm von »Wunderwaffen«, die doch noch einen »Endsieg« nach Niederlagen an allen Fronten bringen sollten. Eine Mischung aus Trotz, verwelkendem Stolz und beharrlichem Festhalten an traditioneller Offiziers- und Soldatenehre behielt immer noch einen Stammplatz in den Seelen dieser Männer, obwohl sie sich lange schon mit verstecktem Spott und allerlei Witzen Distanz zum herrschenden Regime verschafften. Viele der Offiziere hatten ein Universitätsstudium hinter sich und waren mit systematischem kritischen Denken vertraut. Sie gehörten irgendwie freilich auch zu den Zweiflern, aber ihr Zweifel stand einschneidenden Konsequenzen fern. So gerieten sie nun aus Zweifeln immer mehr in Verzweiflung und innere Selbstvorwürfe, jetzt, da es zu spät war. Mein Freund sagte auch: »Ich konnte Pfarrer Weiß gut verstehen, wenn er nachts, während fast alle schliefen, mit höchster Konzentration und aller verfügbaren Energie an seiner Weihnachtsansprache schrieb, um seinen so glaubensfernen Kameraden jenen Sinn und tieferen Gehalt zu vermitteln, der in der weihnachtlichen Frohbotschaft von der Geburt des Heilandes liegt.

Für mich, den Jüngling unter den Offizieren, empfand er Mitleid, daß ich als Vierundzwanzigjähriger wie so mancher blutjunge Soldat schon so früh im Leben die Schrecken und Grausamkeiten des Krieges und nun der Gefangenschaft erleben und erleiden mußte. Vielleicht war er mir auch deshalb besonders zugetan, weil ich ein Neues Testament in Westentaschenformat in der Brusttasche meines Uniformrockes trug und so manchesmal darin las oder vorlas, wenn es einer wünschte. Zudem hatte ich bei Feldgottesdiensten wiederholt die Funktion eines Meßdieners und Konzelebranten wahrgenommen. Das aber trug mir einmal die giftige Frage des ansonsten im Divisionsstab kleingehaltenen NS-Führungsoffziers ein, ob ich früher bei den christlichen Pfadfindern oder nicht doch in der Hitlerjugend gewesen sei. Dieser unglückselige Mensch saß nun ebenfalls im Waggon und wurde von den anderen Offizieren so gemieden, daß er total vereinsamte und verstummte. Er hatte ganz einfach nichts mehr zu sagen. Pfarrer Weiß war der einzige, der ihn ansprach und sich seiner Ausgestoßenheit annahm. Wie ich mitbekam, drückte ihm einmal abends vor dem Gebet Pfarrer Weiß ein kleines geschnitztes Holzkreuz in die Hand, das der so tief gefallene Mensch mit feuchten Augen annahm und in die Rocktasche steckte. Später bemerkte ich, wie er öfter einmal in seine Rocktasche griff, um sich zu überzeugen, daß er das Kreuz noch besaß. Wenn der Pfarrer am Morgen und am Abend ein Gebet sprach und das biblische Losungswort für den Tag vortrug, faltete der Ausgestoßene wie alle die Hände.

Als nun die Nacht des Heiligen Abends

hereinbrach, hatten wir schon Kuznetsk passiert und näherten uns mehr und mehr dem Ural. Nach dem Essensempfang und Versorgung mit Tee und Wasser dampfte unser Zug weiter gen Osten und umgab uns draußen eine eisige Nacht mit klarem Sternenhimmel.

Wir entzündeten eine im Tauschverfahren ergatterte Petroleumlampe, die zwar viel Helle brachte, aber ekelhaft nach Öl roch, steckten in Ermangelung eines Christbaums mehrere Hindenburglichter an und sangen »O Tannenbaum«. Danach las ich auf Bitte von Pfarrer Weiß den Bericht des Lukas von der Geburt des Jesuskindes. Nach einem Eingangssegen und Gebet nahm der Pfarrer sein Manuskript und sprach:

»Der Herr segne uns, da wir seiner Menschwerdung bei der Geburt in Bethlehem gedenken.

Wir befinden uns augenblicklich am Geburtsfest des Christus, unseres Erlösers und Heilandes, fern unserer Heimat in einer ausweglos erscheinenden Situation

als Kriegsgefangene eines Gegners, der Christus verleugnet und Religion als »Opium für das Volk« bezeichnet. Gerade das aber setzt kein gutes Vorzeichen für das, was uns am Ende dieser Fahrt erwarten mag.
Gewiß, es ist viel Unrecht und Unheil durch uns geschehen, das uns nun wohl aufgerechnet und vorgehalten werden wird. Das Empfinden und Denken der Menschen wird auch jetzt wie schon vor zweitausend Jahren vom »Wie du mir, so ich dir« beherrscht. Unter diesem primitiven Denken und Verfahren im Umgang miteinander hat die Mehrzahl der Menschen als Opfer von Kriegen und Gewalttaten gelitten. Und die durch Gewalt Drangsalierten und Umgebrachten haben sich damals schon danach gesehnt, es möge doch der Himmel eingreifen, um dem sinnlosen gegenseitigen Hinmorden Einhalt zu gebieten. Wie viele mögen sich schon gefragt haben: Sind die Menschen denn auf Zeit und Ewigkeit so primitiv, daß sie in ihrer Gier nach Vorteil, Macht

und Besitz vor keinem Frevel zurückscheuen und andere darum umbringen? Ist es nicht trostlos, wenn nach immer gleichem Denk- und Handlungsschema Anspruch mit Gegenanspruch, Gewalt mit Gewalt und Grausamkeit mit noch größerer Grausamkeit und jedes zugefügte Leid mit dem Sinnen auf brutale Rache beantwortet wird? Denn die Rache fällt auch über Unschuldige oder weniger Schuldige.

Als Christ erachte ich es als Zeichen der Güte und Gnade Gottes, daß er sich in dieser zerfahrenen Situation des Umgangs der Menschen miteinander nicht von uns abgewandt hat. Er hätte eigentlich angesichts der bisherigen Evolution des Menschen diesem Lebewesen seine Daseinberechtigung absprechen müssen, da sich der Mensch in seiner eindimensionalen Entwicklung immer mehr als Schädling der Schöpfung und des Lebens erwiesen hat.

Mit Jesus, dem Christus und Seinem Sohn hat Gott sich aber der Menschen erbarmt, indem er Ihn in Menschengestalt unter uns sein ließ und durch Ihn uns das Bild eines neuen, vollkommeneren Menschen schenkte und einen neuen Bund Gottes mit den Menschen stiftete.

Der Mensch wird durch Christus nicht in seiner äußeren, biologischen Gestalt verändert. Aber er wird befähigt, sich aus dem Glauben seelisch und geistlich aus bislang schlummernden Kräften zu erneuern und durch die Kraft des Heiligen Geistes zu einem besseren Menschsein zu finden. Die Geschichte des Menschen wird durch dieses Ereignis aus dem einseitigen Denkniveau der Tiergeschichte, der rein biologischen Zusammenhänge einer naturwissenschaftlichen Evolution seines Werdens herausgehoben in die Entwicklung und Gestaltung eines höheren Menschseins. Sein Schicksal vollzieht sich nun als Geschehen auf ein Ziel hin, als ein Drama mit Bezogenheit auf die Person Gottes.

Das hängt damit zusammen, daß beim Menschen eine hochentwickelte Intelligenz, die in Wissenschaft und Technik rasante Leistungen vollbringt, einer inneren, moralischen Unreife gegenübersteht, durch die alle äußeren Fortschritte in Frage und Gefahr geraten. Durch Jesus Christus wird das ›Defektwesen‹ Mensch erst zu seiner wahren Ebenbildlichkeit mit Gott geführt. Daß in diesen Jesusmenschen der Gottessohn Eingang finden durfte, strahlt auf das ganze Menschengeschlecht aus und eröffnet ihm eine neue Dimension. In Jesus Christus ist ein neues Ideal des Menschen Wirklichkeit geworden.

Paulus spricht darüber in seinem Brief an den jungen Titus und sagt:

›Es ist erschienen die milde Güte und Menschenliebe des uns errettenden Gottes, nicht aufgrund von Werken der Gerechtigkeit, die wir getan hätten, sondern in seinem Erbarmen hat er uns gerettet durch das Bad der Wiedergeburt und der Erneuerung durch den Heiligen Geist, den er in reicher Fülle auf uns gegossen hat durch Jesus Christus, unseren Erretter.‹

Die Theologie ist daher heute der Ansicht,

daß das Christusereignis eine Fortsetzung der Menschenschöpfung bedeutet und ein Menschentum ohne die Christusdimension noch kein vollkommenes Menschentum sein kann. Es bedarf also einer »Durchchristung« unseres Wesens.
Nun soll uns aber durch die göttliche Hilfe des Christus das Leidenmüssen nicht abgenommen werden. Das Leiden ist ein Attribut des Menschen. Aber Christus lehrt uns einen anderen Umgang mit dem Leiden, er läßt uns zum Sinn des Leidens finden, da er selbst bis zum Tode gelitten hat. Treten wir in seine Nachfolge, so erleben wir unser persönliches Leiden in einem höheren Zusammenhang, indem wir es ›transzendieren‹, übersteigen und es ihm gleichend erleben. Es ist freilich das zu erstrebende Ziel eines inneren geistigen Werdeprozesses, wenn wir uns dabei ernsthaft in die Nachfolge Christi begeben. Christus fordert uns ganz, wenn wir die Würde einer Partnerschaft erstreben, bei der Gott den Menschen an seinem Heil mitwirken lassen will, an dem großen

Werk einer höheren Bestimmung seines Wesens.
Ich denke aber auch daran, daß wir als Kriegsgefangene schon bald im Lager vom Verlust an Informationen über das Zeitgeschehen in der Welt und Vergessen der geschichtlichen Zusammenhänge bedroht sind, auch, daß wir aus Hunger und Erschöpfung in ein dumpfes Dahinleben verfallen und von Überlebensängsten gepeinigt werden. Das Gestern der Geschichte lastet auf uns, denn es hat uns ins Elend und in unsere jetzige Situation gebracht. Wir sollten den Mut aufbringen, uns damit auseinanderzusetzen und versuchen, zu einem Verhältnis zu dem zu finden, was war. Ein Bekenntnis zu Schuld oder Mitschuld wird uns in der Nachfolge Christi nicht zerbrechen, sondern uns Kraft zur Buße und zum Durchstehen unserer Leiden und leiblichen Hinfälligkeiten schenken. Gott der Allmächtige verleiht uns, wenn wir ihn in der Not von ganzem Herzen bitten, ungeahnte Kräfte, um uns zu retten. Im wörtlichen Sinne läßt Er un-

glaubliche Dinge geschehen, wenn er unsere Gebete erhört und uns am Leben erhalten will.
Mit Jesus Christus hat Gott der heillos zerstrittenen Welt das göttliche Licht und das Wort der Wahrheit geschenkt. Wir erinnern uns heute in der Heiligen Nacht seiner Geburt in der Notunterkunft eines Stalles zu Bethlehem. Dessen dürfen wir froh sein, denn das Jesuskind in der Krippe wird sich später zum Auftrag Gottes, seines himmlischen Vaters bekennen und uns in den Seligpreisungen der Bergpredigt ein neues Ziel und das neue Bild eines göttlichen Menschen verkünden und mit dem Ruf nach Buße und der Vergebung unserer Sünden alle unsere Schuld in Golgatha auf sich nehmen. Er wird sich von aller weltlichen Macht und dem unseligen »Wie du mir, so ich dir« distanzieren. Die Zukunft des Menschen, so weiß Christus, der wahre Friedensfürst, wird von denen gestaltet, die da Leid tragen und getröstet werden, von denen, die nach Gerechtigkeit hungern und dürsten, von den Barm-

herzigen, von denen, die reinen Herzens sind, den Rechtschaffenen also, von den Friedfertigen und dem Heer derer, die um der Gerechtigkeit willen verfolgt werden, den Bekennern ihrers Glaubens an Gott. Ihnen wird das Himmelreich zuteil werden, denn sie sind das Licht der Welt und das Salz der Erde. Jesus, der Christus, fordert die Gläubigen auf: ›Lasset euer Licht leuchten vor den Leuten, daß sie euere guten Werke sehen und eueren Vater im Himmel preisen.‹ Dieser Appell richtet sich auf ein vorbildliches Verhalten des Christenmenschen, ganz besonders in Zeiten und Situationen, in denen wir wie jetzt unter schwerem Schicksal zu leiden haben und es sich an unserem Verhalten zeigen muß, wes Geistes Kinder wir sind.
Liebe Kameraden auf dornenreichem Weg. Wir denken gerade an Weihnachten natürlich besonders intensiv und in Sorge an unsere Lieben in der Heimat, und sie wiederum an uns. Eine Brücke liebender Sorge verbindet uns miteinander, nach-

dem die Verbindungen über die Feldpost längst abgebrochen sind. Weihnachten aber hat die Kraft, unsere Sorgenbrücke in eine Brücke des Lichts zu verwandeln, die uns hier wie in der Heimat in die Geborgenheit des Jesuskindes im Stall zu Bethlehem führt. Denn vom Stall in Bethlehem gingen viele Impulse und Kräfte der Erneuerung des Menschen aus. Sanftmut und Liebe zu den anderen, auch andersartigen, ja sogar feindseligen Menschen, Bereitschaft zum Teilen mit allen Bedürftigen. Mehr aber noch das Hören auf Gottes Wort, auf die Botschaft des Christus führte Menschen aus allen Schichten der Gesellschaft zusammen und ließ sie Gemeinschaften des Glaubens bilden. Eine stille Revolution durch Neubestimmung der wichtigsten Lebenswerte und Zielsetzungen sittlichen Handelns nahm an Weihnachten durch die Geburt des Christus ihren Anfang und währt bis heute, getragen von der Sehnsucht nach einem besseren, vor allem gütigen Menschen. Die schlechten Erfahrungen schon seit Tausenden von Jahren mit Versprechungen der Politiker und der Mächtigen, sie würden die Menschheit ins ›Goldene Zeitalter‹ führen, hatten die Menschen verdrossen und hoffnungslos werden lassen. In neuer Zeit haben es wieder politische Theorien und Ideologien versucht, die Menschen zu blenden und ihnen Glück und Wohlstand zu versprechen. Aber der Glaube an die innere Erneuerung des Menschen, die Christus gelehrt hat, ist der Weg der Wahrheit und des Lebens, kann es doch in der Welt nur besser zugehen, wenn der Mensch gut ist. Und so sind gerade auch in unserer Situation die Hoffnung, der Glaube und die Liebe in uns wichtiger als der ›Marschallstab‹ im Tornister des Soldaten. Weihnachten aber ist und bleibt das große Fest der Liebe und dankbarer Freude über die Geburt des Heilandes, der Versöhnung mit Gott und des Neubeginns unseres Lebens.

Amen.

Wir beten. Himmlischer Vater, du hast uns deinen Sohn Jesus Christus geschenkt und damit ein bleibendes Zeichen gesetzt, daß wir im Glauben an ihn in deiner Liebe und Güte geborgen sind, was uns auch widerfahren mag. Wir wollen uns aus ganzem Herzen zu Christus bekennen und uns mühen, ihm nachzufolgen und mit ihm und durch ihn zu einem liebenden, friedfertigen Menschsein zu finden.
Herr, schenke uns Mut und Kraft auf diesem Weg innerer Erneuerung und stehe uns bei in aller Trübsal, die über uns kommen mag. Gib der Welt deinen Frieden und lasse die Herzen der Menschen, so verschlossen sie durch den Krieg sein mögen, schließlich doch wieder zueinanderfinden.
Christus, unser Herr, wir bitten dich, sei uns in unseren Sünden gnädig.

Amen.«

In das ständige gleichförmige Rattern der Wagenräder auf den Schienen, das ich jetzt erst, als der Pfarrer geendet hatte, so richtig wahrnahm, rhythmisierte ich die Bitte: »Herr, steh uns bei... Herr, steh uns bei...«

Pfarrer Weiß gab nun jedem die Hand und wünschte »gesegnete Weihnachten«. Der Kommandeur, ein alter Haudegen mit dem Ritterkreuz und vielen weiteren Auszeichnungen, war Sohn eines Pfarrers und »Christ in Deckung«, wie Pfarrer Weiß diejenigen bezeichnete, die ihre christliche Überzeugung verdeckt hielten. Jetzt beim Händedruck aber bedankte sich der Kommandeur beim Pfarrer für die »levitische Ansprache«, mit der er uns offenherzig den Kopf gewaschen habe. Da der Krieg ja noch nicht zu Ende sei, und wir alle noch in der Pflicht stünden, sei er allerdings froh darüber, daß der Text der Predigt angesichts unserer Situation nicht an höhere Dienststellen weitergereicht werden müsse. Aber zum Mut eines Christen gehöre eben auch jene Zivilcourage, in solcher Situation einmal aus tiefer Überzeugung zu reden. Damit fand der Kommandeur den Beifall fast aller.

Nun sangen wir irgendwie innerlich befreit »Stille Nacht, heilige Nacht« und »O du fröhliche, o du selige, gnadenbringende Weihnachtszeit...«
Damit brach mein Freund seine Erzählung vom Heiligen Abend auf der Fahrt in ein sibirisches Gefangenenlager in Rußland ab.
Pfarrer Weiß schenkte damals meinem Freund das Manuskript seiner Weihnachtsansprache mit dem Bemerken: »Du hast am meisten Aussicht von uns, das zu überstehen, was uns erwartet.«
Der Pfarrer, zum einfachen Plennie degradiert, starb durch Unterernährung und Entkräftung im Frühjahr 1945. Sein ausgezehrter Leib wurde in einem Massengrab beigesetzt.
Mein Freund, der das Manuskript der letzten Predigt von Pfarrer Weiß trotz vieler Schwierigkeiten nach seiner Entlassung aus russischer Gefangenschaft mit nach Hause brachte, schenkte mir das Manuskript kurz vor seinem Tode mit der Bitte, es in Ehren zu halten.

Der Krieg liegt Jahrzehnte hinter uns. Es ist viel Schnee des Vergessens auf die große Tragödie dieses Jahrhunderts gefallen. Wir feiern das Weihnachtsfest bei uns wieder im Frieden. Das Erinnern, das Pfarrer Weiß in seiner Weihnachtspredigt 1944 angemahnt hatte, sollte nie vergessen werden angesichts des Wahnsinns, dem wir alle mehr oder weniger damals erlegen waren, denn seitdem ist unser Leben an lebenslängliche Bewährung gekoppelt, an den Beweis, daß durch Christus aus uns ein neuer Mensch geworden ist.